Embrasser Maria

Les Pérégrines : un mot au féminin pluriel pour évoquer nos féminismes ; un nom en hommage au roman éponyme de Jeanne Bourin, grand-mère et figure d'inspiration d'Aude Chevrillon, la directrice de la maison.
Notre ambition : vous proposer un voyage intellectuel en publiant des textes toujours pertinents, souvent impertinents, qui, par des voix fortes et hardies, des plumes belles et singulières, observent le monde par différentes fenêtres, nous amènent à faire un pas de côté, nous poussent à mieux appréhender l'autre, l'étrangeté, la diversité, nous livrent des trajectoires inspirantes pour dessiner une société plus humaine.

« Les Audacieuses »
Une collection de littérature avec un grand « elles »
Des écrivaines mettent leur univers romanesque au service d'une réécriture de la vie de leurs héroïnes. Oser la fiction pour faire jaillir toute l'indocilité de figures féminines inspirantes : tel est le pari des « Audacieuses ».

Conception graphique : Audrey Desanti
En couverture : portrait de Maria Callas dans *La Traviata* en 1958, par Houston Rogers (1901-1970).
© Victoria and Albert Museum, Londres

Éditions Les Pérégrines
21, rue Trousseau 75011 Paris
www.editionslesperegrines.fr

Sophie Rabau

Embrasser Maria

Éditions Les Pérégrines

De la même autrice

Mission : comédie – Comment sortir d'une tragédie en moins de vingt-quatre heures ?, Belles Lettres, 2022
L'Art d'assaisonner les textes, Anacharsis, 2021
Carmen, pour changer. Variations sur une nouvelle de Prosper Mérimée, Anacharsis, 2018
B. comme Homère, Anacharsis, 2016

À la mémoire de Claude Doublé

I'll never stop saying Maria!

La première fois que je m'en suis aperçue, j'ai cru à un sabotage, un acte de malveillance ou une plaisanterie de mauvais goût.

C'était juste après l'enterrement de Maria. Elle est morte en septembre. En décembre, quatre nouveaux livres étaient déjà parus : deux en France, un en Italie et un autre aux États-Unis. Tous bourrés de prétendues révélations sur sa vie scandaleuse, son art et son déclin.

J'ai ouvert le dernier volume qui était arrivé par la poste avenue Georges Mandel, où je m'étais installée après sa mort.

Au début, je me suis contentée de regarder les illustrations.

Puis je l'ai vaguement feuilleté. J'ai reniflé les pages comme Maria le faisait quand elle avait encore perdu ses lunettes, mais voulait cependant montrer son intérêt pour un livre que je lui avais offert. Les pages sentaient le neuf et l'écriture facile. Le volume était lourd. Je l'ai posé sur le pupitre en bronze où elle mettait ses partitions. J'ai eu envie de pleurer mais j'ai continué à lire debout, comme si j'avais été en train de déchiffrer un air. À la fin j'ai dû m'asseoir, tellement je n'y croyais pas.

Je n'étais sur aucune photographie. Mon nom n'était mentionné nulle part.

J'ai dû me rendre à l'évidence. En dépit du rôle central que j'ai joué dans la vie de Maria Callas, le monde entier semble m'avoir oubliée. Passe encore que mon nom ne se trouve dans aucune des innombrables biographies qui lui ont été consacrées. Mais que je n'apparaisse sur aucune des photographies, voilà ce que je ne m'explique pas, car j'ai encore le souvenir des flashs crépitants sur le pont du *Christina* quand nous posons, en maillot, avec Aristote Onassis ou de cette photo volée dans les rues de Milan – Maria en robe noire sous son manteau de fourrure et moi, à côté d'elle, dans une belle robe rouge. Sans oublier tous les clichés de presse où je devrais immanquablement figurer.

J'ai commandé d'autres livres sur Maria. J'ai cherché, mais en vain. Je n'y suis pas.

J'aurais pu protester, me faire connaître, écrire aux journaux, faire des scandales. Mais je ne me soucie pas de la postérité ou de la trace que je pourrais laisser dans l'histoire. Je voudrais seulement me défaire du sentiment d'absurdité qui me gagne chaque fois que je lis ce que l'on écrit sur elle.

Cette année, Maria aurait eu quatre-vingt-quinze ans. Moi aussi. Sauf que moi je les ai eus. Je me suis dit qu'il était temps de raconter ce que tout le monde semble avoir oublié et que je suis, à présent, la seule à savoir.

Rappelez-moi le métier que vous faites ? C'est bien. Je n'aurais pas aimé parler à un journaliste. Et puis vous êtes musicien, ça compte. Vous m'aiderez peut-être à comprendre. Vous m'écouterez en tout cas. Vous avez l'air intelligent. Si. Vos yeux pétillent. Vous en conviendrez, il n'est plus temps de vérifier si j'existe ou pas. On peut considérer que le mal est fait. Je suis rayée des livres. Ça ne m'empêche pas d'avoir des choses à dire, et plus originales que tout ce que vous pourrez lire. Aidez-moi à me lever. Je n'aime pas parler quand je vois le piano. Prenez votre hautbois. On sera mieux dans la cuisine.

Papier glacé

J'ai fini par lire tout ce que l'on avait écrit sur elle, avant comme après sa mort. Je les connaissais avant de les avoir lues, toutes les « informations exclusives » et les « révélations inédites » que l'on me promettait. Ça commence toujours par les parents : la mère d'un côté, terrible et déprimée à la fois, dévorée d'une ambition artistique dont elle n'a pas les moyens ; le père, faible et coureur, bienveillant mais impuissant. On vous déroule le départ de la famille en Amérique sur un coup de tête du père – ils fuient la Grèce et le malheur, la mort d'un fils dont la mère ne se remet pas ; puis c'est New York et les débuts difficiles ; Maria dont la naissance ne console personne, enfant disgracieuse que sa mère rejette sauf quand elle chante, et nous y voilà, c'est parti sur les dons exceptionnels, le piano acheté, les cours de musique (petit couplet ici sur les sacrifices financiers), les premiers concours de chant (refrain attendu sur la mère, artiste frustrée, qui exploite le talent de sa fille), et les canaris, n'oublions pas, dans leur cage à Brooklyn, les canaris qui lui auraient appris à chanter – passons… Ensuite, tout à l'avenant, le retour de la mère à Athènes, Maria sous le bras, Yakinthi, dite « Jackie », la sœur, qui suit le mouvement. Conservatoire, professeur de chant – quelle chance, c'est Elvira de Hidalgo, héritière de la tradition du bel canto, elle devine le futur cygne lyrique sous le costume de la grosse fille à boutons mais tellement douée, tellement travailleuse, qui assiste à toutes les leçons de l'aube au soir. Les premiers succès grecs et les premiers échecs américains, les débuts à Vérone, dans *La Gioconda*, la tournée à Mexico, les engagements dans toute l'Italie, le maestro Serafin, un jour Wagner, le lendemain Verdi, exceptionnelle on vous dit. Le tout truffé d'anecdotes, qu'ils trouvent croustillantes, sur la vie amoureuse : Meneghini, le premier mari vieux et rassurant, fou d'opéra, fait l'imprésario, l'exploite, un peu selon les uns, beaucoup selon les autres ; plus tard l'amant grec, oui Aristote Onassis, elle l'appelait Aristo, moi je disais Ari, laissez-moi continuer, sinon je vais en oublier. Ah ! Et les annulations… Ils adorent les histoires d'annulation. Celle de Rome, surtout, devant le président de la République, scandale, hôtel de la *prima donna* en état de siège. D'autres scandales : le procès américain, le shérif dans la loge à Chicago pour lui remettre une assignation ; ne lui laisse même pas le temps d'enlever son costume de scène ; photo de Maria en furie à la une des journaux. Et le point d'orgue : l'amaigrissement spectaculaire, tout juste s'ils ne mettent pas une courbe de poids, et que je te dis que c'est un ver solitaire qu'elle avait mangé, et que je te réponds que pas du tout, elle a pris des médicaments, mais non c'est juste un régime, elle ne mangeait plus rien, des crudités et encore, à peine. Et l'enfant, a-t-elle eu un enfant, oui, non, peut-être, avec qui ; et Pier Paolo (quel imbécile celui-là, un vrai snob), bien sûr que je parle de Pasolini, avec son film, oui *Médée*, elle joue Médée mais on ne l'entend pas chanter (snob, je vous dis) ; et la voix, ah la voix, des tonnes sur la voix, belle, pas belle, exceptionnelle, reconnaissable, c'est la technique, non c'est la musicalité, en déclin, la faute à qui, à quoi ? J'allais oublier Tebaldi – pas de belles histoires sans rivale n'est-ce pas ? Alors la Tebaldi : furent-elles fâchées, pas fâchées, comment, pourquoi, publicité ou réalité ? Et ses dernières amours avec Mario Del Monaco (bon garçon celui-là, savait chanter, mais sinon pas très malin, si vous voulez savoir), et les pilules, les fameuses pilules qui l'ont tuée, ou bien ce ne sont pas les pilules, c'est le chagrin d'amour, ou alors elle est morte d'avoir perdu sa voix, ou bien tout à la fois – je vous passe les théories du suicide et les diagnostics post-mortem, je suppose que ça fait vendre. Et la mode, et les fabuleuses tenues, et ses caniches, jamais les mêmes, toujours fidèles, et à propos de fidélité, voici Bruna, la servante au grand cœur, la seule à la fin qui lui tient compagnie, diva glorieuse et seule au monde dans l'appartement à Paris, toujours pareil, à ne pas comprendre pourquoi on a écrit tant de livres si c'est pour répéter la même chose. Vous savez qu'il y a même eu des romans sur elle ? Moi ce n'est pas mon métier, la littérature, mais j'avais compris que lorsqu'on écrit un roman c'est un peu pour changer, pour inventer de nouvelles choses, des choses qui n'existent pas. Pas avec Maria. Aucun effort, on met roman sur la couverture, et c'est reparti pour un tour : la mère, New York, piano, canaris, régime, voix, Aristote, Tebaldi, dernière tournée et mort, rien de nouveau sous le soleil de Callas.

Quand je lis tout ça j'ai l'impression que les mots forment une surface lisse et brillante, comme les photos sur les magazines qui s'intéressent aux gens célèbres. Une diva de papier glacé : c'est tout ce qu'ils ont à offrir.

Des images, j'aurais pourtant pu en donner d'autres, et des plus intéressantes, si on m'avait demandé. Mais non. Toujours les mêmes. Dans le même ordre. Grosse et laide avec les lunettes à New York, toujours grosse et pataude à Athènes avec le costume qui la serre, quand elle fait *Cavaliera*. Si grosse et si belle, si brune sur le bateau vers l'Italie – elle venait de pleurer deux heures, Maria détestait les départs, nous n'avions plus de mouchoirs secs. Elle pleurait et elle était superbe, j'avais beau le lui dire, elle ne me croyait pas. La photo de *Traviata*, robe de velours, clair-obscur avec les bougies, toute maigre maintenant ; celle du concert de Paris, avec la robe rouge qui paraît blanche sur les photographies en noir et blanc – à cette époque elle n'est plus vraiment maigre, elle est devenue fragile, quand elle ramène ses bras sur sa poitrine, on dirait qu'elle se berce elle-même. Laide à nouveau, avec les lunettes, à Paris, quand elle a passé la cinquantaine, femme ordinaire, j'étais furieuse de ces photos-là mais elle avait dit que ça lui était égal – je crois qu'elle s'aimait bien avec des lunettes, ou bien elle était heureuse de pouvoir enfin les mettre quand elle voulait, elle m'avait dit une fois que, sans ses lunettes, elle ne voyait pas le vert dans mes yeux, et ça me faisait plaisir, finalement, à moi aussi, de la voir qui me voyait.

Les photos où elle a toujours le même air malheureux (ou suis-je la seule à lui trouver l'air malheureux ?) : avec la mère et sa Jackie, *the sister* comme je l'appelais même quand nous ne parlions pas anglais ; avec Meneghini et sa bille de clown – lui je ne l'ai jamais appelé Tita, pas faute qu'il m'ait demandé, mais je disais *il marito* même quand nous ne parlions pas italien ; et le *Greek lover*, le Ari, lui je l'appelais laid dans toutes les langues et ça la faisait rire – jamais compris comment il a pu séduire autant de femmes avec ses cernes noires sous les yeux, mais n'empêche qu'on ne pouvait pas s'empêcher de l'aimer – il était, je ne sais pas, sympathique…

Les photos aux couleurs acidulées, du pur technicolor. Maria en robe verte qui fait semblant de cuisiner dans la maison de Milan ; robe rouge pour le salon, téléphone moderne sur guéridon d'époque, parfaite incarnation de la ménagère moderne des années 1950, elle pouvait tout faire, tous les rôles.

Les photos avec cet imbécile de Pasolini quand elle mettait des vestes en cuir et qu'on a dit qu'elle voulait faire intellectuel, mais c'est juste qu'il faisait diablement froid ce printemps-là, et avec le gentil Del Monaco pendant la dernière tournée. Et bien sûr, on n'y coupait pas, la photo de Chicago quand le shérif est venu au théâtre, toute une histoire, il faudra que je vous raconte : elle a la bouche ouverte, les yeux exorbités (les flashs), c'est une très belle grimace, un vrai masque sur son visage ; elle me disait tu vois, ce masque il est très beau, je ne suis pas sûre que j'arriverais à le refaire pour Médée, et elle avait gardé, sur le piano, la photo grimaçante de Chicago, pour se donner un modèle, reproduire par l'art ce que les photographes lui avaient arraché par surprise. Maria était une grande artiste.

Mais de moi, qui connaissais l'envers des mots et des photos, il n'était jamais question.

Rire

Comment je l'ai rencontrée ? Je ne sais pas vraiment. J'ai un peu l'impression d'avoir toujours été là. C'est à cause du jeu, un jeu que nous avions, Maria et moi. On appelait ça « Tu étais là ? ». Elle me racontait des choses de sa vie, et puis elle disait : Tu étais là ? Tu étais là, Sophia ? Je m'appelle Sophia, je ne sais pas si je vous l'ai dit. Et moi, invariablement, je répondais : Mais bien sûr, Maria, que j'étais là. Tu ne te souviens pas ? Et elle riait. Des témoignages sur Maria, il y en a eu – vous savez : Maria Callas, mon amie, ma femme, ma sœur, ma fille, ma camarade, ma patronne… Maria Callas intime ; Maria Callas l'envers du décor ; les secrets de Maria Callas ; ce que Maria Callas m'a dit ; ce qu'elle n'a jamais dit… Mais personne ne parle de son rire, à croire qu'ils ne l'ont pas vraiment connue, quoi qu'ils en aient. Maria adorait rire et j'adorais l'entendre rire. Cela me faisait l'effet d'une glace à la mangue nappée de chocolat chaud, reprenez des petits gâteaux, ça va bien avec le café. Son rire, voyez-vous, c'était comme de voir un cheval de manège, bien dressé, bien apprêté, qu'on laisserait soudainement courir dans tous les sens sur une plage, et sa voix quand elle riait, c'était ça : un galop près de l'océan, du chant à l'état sauvage. Tous ces messieurs de chez EMI qui la voulaient toujours dans leur studio pour graver, comme ils disaient, son art pour l'éternité, pas un pour enregistrer son rire. Vous vous rendez compte ? Dix-huit enregistrement studios – comme s'ils ne pouvaient pas la laisser en paix quand elle avait fini une tournée, il fallait encore aller s'enfermer devant un micro dans une petite salle trop chaude –, trente enregistrements en live, soixante-douze compilations (j'ai une bonne mémoire des chiffres, mais recomptez si vous avez du temps à perdre), et je ne vous parle pas des pirates. Mais son rire, son vrai rire qui venait du ventre et lui faisait des flammes noires dans les yeux… perdu.

Bien sûr que ça me manque, qu'est-ce que vous croyez ? C'est comme ça. Les gens ne sont plus là. On ne les entend plus rire.

Où j'en étais ? Oui, je ne sais pas vraiment quand on s'est rencontrées. En tout cas, je les ai tous connus, son père dans la pharmacie, sa mère à la maison toujours malade, bruyamment malade, sa sœur qui avait l'air un peu perdu, faisait du piano et des mines à tous les visiteurs – gentille sa sœur, pas du tout comme on a dit –, et son aimable parrain, le docteur Lantzounis, qui nous offrait des pistaches et des *loukoumia* de Syros, ce sont des sortes de bonbons, un peu comme des pâtes de fruits, très sucrés... Ah vous connaissez ? Vous parlez un peu grec ? Tant mieux, ça pourra vous aider à comprendre. On les adorait, les *loukoumia* de Syros.

Les journalistes ont trouvé bien de raconter qu'elle n'avait pas eu d'enfance, que sa mère l'obligeait à travailler : pas de jeux, pas de plaisirs, de la musique, toujours de la musique, et le dimanche encore chanter, et chanter devant les invités, et chanter à l'école, et chanter à l'église... Même avec les canaris, la pauvre enfant devait chanter.

Qu'est-ce que ça la faisait rire, Maria, ces histoires. Ils me prennent pour la Cenerentola, elle me disait. La *Cenerentola* de Rossini, vous voyez, bien sûr ? Comment dit-on en français ? Cendrillon, c'est ça, en français c'est Cendrillon. Vous vous souvenez ? Oui, de jolis traits pour le hautbois et pour la clarinette quand ils répondent à la chanteuse. Maria chantait l'air final dans les récitals. Sa meilleure version, elle l'a donnée à Londres, le 27 février 1962. Je m'en souviens parce qu'il faisait anormalement doux pour la saison et que nous étions allées marcher le long de la Tamise pour discuter de nos projets. J'ai la mémoire des dates. La mémoire des théâtres aussi. Elle avait chanté au Royal Festival Hall, une maison que nous appréciions : des loges bien chauffées, assez spacieuses, et le fleuve tout à côté. Le concert s'est bien passé. Vous avez entendu l'enregistrement ? Non ? Vous chercherez. Mauvais son, mais enfin… Ce que vous ne trouverez jamais, même en cherchant bien, c'est ce que je vais vous raconter. Le lendemain du concert, le 28, elle a vu les journalistes au Simpson's : c'est le bar du Savoy, très bon hôtel, jolie vue sur la Tamise. Puis on s'est retrouvées au Ganesh, un petit bistro indien, pas loin de Covent Garden, où on avait nos habitudes. J'ai entendu son rire avant même de la voir, et dès qu'elle m'a vue : Sophia, elle m'a dit avec son sourire de petite souris, je leur ai fait Cenerentola ! Oui, je sais que tu as fait Cenerentola. Et elle riait encore : Mais non, pas hier, aujourd'hui, je t'assure, je leur ai fait l'air sur l'enfance malheureuse, enfin le premier couplet, tu sais (elle récitait en marquant, les gens commençaient à nous regarder, mais personne au Ganesh ne risquait de la reconnaître) : *Nacqui all'affanno e al pianto*, tu sais, Je nacquis pour la peine et les pleurs, *you know*, *To suffer with a silent heart, tacendo il core*. Maria mélangeait souvent les langues, à force de ne jamais être chez elle, mais l'important c'est que non seulement elle avait ressorti aux journalistes le couplet qu'ils aimaient tant sur sa terrible enfance à travailler sous la férule amère d'une mère tyrannique, mais qu'en plus elle l'avait fait avec les mots de l'opéra de Rossini. Aucun parmi ces messieurs de la presse musicale n'avait reconnu la citation. Et tout le monde de noter sur son calepin, et tout le monde de téléphoner à sa rédaction : *Maria Callas new statement quote "Nacqui all'afano" end of quote, in other words quote "I was born into worry" end of quote.* Nous nous sommes regardées. Nous avons pensé aux pistaches de son parrain, à la cuisine de sa mère quand elle était de bonne humeur, à son père qui nous laissait jouer devant la pharmacie et au plaisir chatoyant de chanter avec le piano dans le salon, quand sa mère était sortie et sa sœur avec un fiancé. Et la suite de l'air a surgi sur nos lèvres : *Affano?* Souci ? Souffrance ? *Worry? No, no, no, no! Tergete il ciglio.* Sèche tes larmes ça veut dire, mais nous pleurions plutôt de rire, ce soir-là, au Ganesh, près de Covent Garden.

L'enfance de Maria, c'est beaucoup plus simple que l'histoire de Cendrillon qu'elle a si bien jouée aux journalistes. Elle savait chanter et n'avait pas besoin de beaucoup travailler. On jouait : on jouait à chanter ; moi, la plupart du temps, je faisais semblant et elle, elle le faisait vraiment. Et dès qu'elle chantait, les adultes applaudissaient. Les enfants aiment les applaudissements. D'ailleurs, quand nous étions seules, Maria s'applaudissait elle-même.

On jouait surtout à se déguiser. Toutes les robes de Grèce que sa mère cachait dans l'armoire y sont passées. Puis, on s'est déguisées en cow-boys, mais oui, en cow-boys, qu'est-ce que vous croyez ? Regardez cette photo, je l'ai toujours sur moi. Toutes les deux contre un mur, c'est du noir et blanc mais on était en rouge : les deux chapeaux, des stetsons ça s'appelle, étaient rouges, et rouges aussi nos pantalons en toile. Les ceintures en cuir, nous les avions, disons, empruntées dans le premier tiroir de la commode, où on était sûres de trouver tous les accessoires masculins que l'on pouvait désirer. Vous avez vu comme je la regarde : l'air de dire non tu ne vas pas oser, mais comme je voudrais que tu oses – je l'ai toujours regardée comme ça, épatée. On dit toujours « épatée » ? Non ? Enfin, vous comprenez ce que je veux dire. Et elle a osé, je peux vous le dire, ce jour-là : un hold-up par deux petites filles habillées en cow-boys dans la pharmacie de son père, et lui après qui expliquait aux clientes dans son anglais tout cassé que sa fille avait un excellent fond. On a été punies trois jours, mais ça valait la peine. Qu'est-ce qu'on a ri.

Vous êtes surpris ? Il va falloir vous y faire. Vous savez, pour être chanteuse lyrique, il faut aimer se déguiser.

I feel pretty

Maria avait une passion pour le cinéma. Je ne vous parle pas des élucubrations de ce pauvre Pier Paolo, que nous n'avons jamais réussi à visionner sans nous endormir, ni des films de Luchino Visconti, qui en faisait toujours un peu trop. Non. Maria aimait les comédies musicales. Évidemment qu'on ne l'a jamais dit.

Dès que nous arrivions dans une nouvelle ville, elle se ruait à la conciergerie de l'hôtel et s'enquérait de ce qui se donnait dans les salles locales. Quand elle était trop occupée à travailler ou à sortir le grand jeu aux journalistes, c'est moi qui me renseignais. Tout y est passé, et pas qu'une fois : *The Sound of Music* – nous adorions Julie, Julie Andrews, je vous en dirai deux mots –, *My Fair Lady*, *Singin' in the Rain*, *Wonderful Town*, *West Side Story*, Bernstein.

Lenny Bernstein… On lit partout que Maria l'avait découvert par hasard à la radio quelques mois avant de l'imposer à la Scala pour la saison 1953, mais soyons sérieux : nous le suivions, Bernstein, depuis 1944, depuis *On the Town*, son premier *musical*. Début 53, nous sommes parties aux États-Unis, en donnant je ne sais plus quelle raison au *marito*, pour la création de *Wonderful Town* à Broadway : c'est l'histoire de deux sœurs qui luttent pour vivre de leur art, à New York, si bien que Maria a eu l'impression que Bernstein avait mis en musique ses années d'auditions et d'échec dans cette ville, quand ça ne marchait pas trop. Elle a sauté sur l'occasion, vous pensez, quand la Scala a voulu qu'elle reprenne en urgence *Medea* sans savoir quel chef serait disponible. Bernstein ! a dit Maria, attendez : je lui téléphone. Et maintenant on écrit que Maria a décidé Bernstein sur un coup de fil, mais on ne dit pas ce qu'elle lui a dit au téléphone, ou plutôt ce qu'elle lui a chanté. Comment ? Non, pas un extrait de *Wonderful Town*. Trop commun, trop attendu. Mais ce petit air : *The Continental*. Mais si, vous connaissez. C'est tiré de *The Gay Divorcee* : nous nous étions échappées pour le voir ; nous avions à peine neuf ans mais comme Maria faisait plus que notre âge, on nous a laissées entrer et nous avons entendu Ginger Rogers chanter : *Beautiful music... / Dangerous rhythm... / It's something daring, The Continental, / A way of dancing that's really "entre nous"*, charmant vraiment, on adorait le swing, comme on disait à l'époque, et Ginger est parfaite, mais nous ne l'avons pas entendue jusqu'au bout parce que, juste avant le dernier couplet, Mariaaaa, a crié une voix d'opéra qui roulait terriblement les *r*. La mère de Maria nous avait trouvées dans le petit cinéma de Brooklyn Heights, et je vous prie de croire que sa voix hurlant « Maria » et la voix de Maria, neuf ans, répondant « Mother » couvraient largement le petit soprano de Ginger Rogers, de sorte que la projection a été interrompue sans que personne proteste, le spectacle – mère en furie, fille éplorée – se trouvant à présent dans la salle, et voilà ce qu'a raconté Maria Callas, ce jour-là au téléphone à Lenny Bernstein après lui avoir chanté l'air de *The Gay Divorcee*, et Bernstein a aimé cette histoire comme il a aimé entendre, dans le téléphone grésillant, la voix de Maria imitant celle de sa mère qui crie « Maria », et plus tard il l'a mise en musique cette histoire, *Maria, Maria, I'll never stop saying Maria*, dans *West Side Story*.

Des comédies musicales, il lui en fallait toujours de nouvelles, ça ne s'arrêtait jamais. Elle savait par cœur toutes les voix et tous les traits d'orchestre de *The Pirate*, *Top Hat*, *Down Argentine Way*, *Show Boat*, *Hallelujah*, *Viva Las Vegas* (Elvis, que nous avons plusieurs fois invité à Paris, mais il n'est jamais venu), *An American in Paris*, avec cet air, *I Got Rhythm* (la musique de George, les paroles d'Ira, mais oui George et Ira Gershwin, ne m'interrompez pas tout le temps ou on n'y arrivera pas), *The King and I*, *The Band Wagon*, *Carousel*, *Camelot* (ah Julie, Julie

Andrews dans le rôle de Guenièvre!), *Singin' in the Rain*, *Guys and Dolls*, *Call Me Madam*, *Holiday Inn*, *Kiss Me, Kate*, et *Grease*, que nous sommes allées voir à Paris, en cachette, en 1972, fuyant les requins de la presse comme nous avions fui sa mère à Brooklyn.

Bientôt la production américaine n'a plus suffi et pour rassasier ses oreilles il a fallu trouver autre chose, des comédies musicales du monde entier. Heureusement que Miroslav, notre voisin russe de Brooklyn, nous avait depuis longtemps déniaisées sur la production soviétique. Miroslav était un fils d'aristocrates russes chassés par la révolution de 1917 et, peut-être en guise de rébellion adolescente, il se disait bolchevik. Dans le grenier de ses parents, il projetait clandestinement des trésors léninistes comme *Circus* et *Volga Volga*. *Circus*, l'histoire d'une artiste noire américaine qui trouve son salut en Union soviétique, nous faisait beaucoup pleurer.

Quand la comédie musicale stalinienne n'a plus eu de secret pour nous, nous avons encore dû élargir nos horizons.

Tout y est passé, une vraie tournée mondiale: Farid El Atrache dans *Wayak*, Sarat Chandra Saterjee dans *Devdas* et Nargis dans *Mother India*, les rumberas mexicaines, les chanchadas du Brésil, Uzeyir Hadjibeyli et son *Archin mal alan* (une rareté azerbaïdjanaise), les sceneggiata de Naples que nous allions voir à Little Italy, quand nous avons eu le droit d'aller seules à Manhattan, et plus tard à Milan, en souvenir de Miroslav, *Heißer Sommer*, un beau film est-allemand aux mille couleurs criardes que nous adorions. Sans oublier le fameux *L'Orient est rouge*, dont Maria avait appris les paroles en chinois – *Dōngfāng hóng, tàiyáng shēng, / Zhōngguó chū liǎo ge Máo Zédōng*, L'Orient est rouge, le soleil se lève, / La Chine a vu naître Mao Tsé-toung – et qu'elle aimait chanter sur le *Christina*, à l'heure de la sieste, sous les applaudissements de l'invité de marque d'Aristote Onassis, le vieux Churchill, qui ne comprenait rien mais trouvait tout cela très joli, et à la fin même son perroquet, Toby, chantait en chinois la gloire du président Mao Tsé-toung. Ou bien c'était Charlie, le nom du perroquet de Churchill ? Vous savez ? Non ? Moi non plus. Enfin, ce n'est pas grave maintenant…

Plus tard, à Paris, nous avons adoré ce que faisait ce Français, Jacques Demy, avec ses films aux belles teintes pastel, et il a fallu voir cinq ou six fois *Les Demoiselles de Rochefort*, en 1967, quand Maria commençait à moins sortir et à avoir besoin de distraction. Oui, quand on aimait Maria Callas, on avait tout intérêt à aimer les comédies musicales. J'en ai vu un certain nombre.

La plus chérie de toutes restait *West Side Story*, et pas seulement parce que Lenny Bernstein l'avait écrite en quelque sorte en hommage à Madame Callas hurlant « Maria » à Brooklyn et à la petite Maria Kalogeropoulou (c'était le nom des Callas avant qu'ils ne le raccourcissent) émigrée à New York comme la Maria de son film. C'est une autre scène qui attachait Maria au film. Nathalie Wood, Maria, est dans un atelier de couture avec ses amies. Au centre, une machine à coudre. Partout, des chapeaux et des gazes de couleurs pastel et tendres, un peu comme dans le film de Jacques Demy. Maria, habillée de jaune et de rouge orangé, essaie des chapeaux, se mire dans le miroir ; on sent que la soirée va se passer en essayages, que ça n'ira jamais parce que le prochain chapeau ou la prochaine robe sera encore plus belle que la précédente, mais que tout ira bien parce qu'elle est amoureuse et follement heureuse et se sent merveilleusement jolie, *I feel pretty, oh so pretty*, est amoureuse surtout d'elle-même, de son image aux couleurs changeantes dans le miroir, *See the pretty girl in that mirror there.* Je peux bien le dire maintenant : si Maria connaissait tellement bien cet air, c'est qu'elle a failli chanter le rôle, devait le chanter, avait tout appris, et ça ne s'est pas fait, c'est une autre chanteuse qui double Nathalie Wood – c'est souvent comme ça à Hollywood, on prévoit des choses et puis ça se passe autrement. Mais moi je l'ai entendue, Maria, quand elle chantait Maria s'enchantant des miroirs, et c'était quelque chose, je vous assure, un tremblement d'électricité : *Who can that attractive girl be?* Elle s'aime, ne laisserait sa place pour rien au monde, les autres filles, les pauvres qui ne sont pas moi ce soir, c'est ce qu'elle chante, *And I pity / Any girl who isn't me tonight.*

Maria chantait cet air quand, à peine arrivée dans un nouveau théâtre, elle se précipitait vers la salle des habilleuses. Avec le cinéma, les essayages c'est ce que Maria a préféré dans le théâtre et dans la vie. La musique ? Maria Callas ne préférait pas la musique, la musique elle l'avait, ou elle l'était, comme vous voulez. Les belles robes, les épingles, les taffetas, les satins, la soie et les rubans, c'était un territoire à approcher, à apprivoiser, à conquérir, à travailler d'abord lentement comme on commence à travailler un air, puis de plus en plus vite, *allegretto* de belles robes, changer de tenues trois fois, au moins trois fois, en un seul récital, tourbillon de notes et d'étoffes, *See the pretty girl in that mirror there.*

Ce n'était jamais fini, il en fallait toujours plus. Surtout des petites robes noires. Quand je pense à Maria, je pense toujours aux petites robes noires. Il y a eu des périodes, quand ça n'allait pas trop, où on en achetait dix par jour, ce qui n'arrangeait rien, et deux jours après arrivait une nouvelle petite robe noire. Robe noire apprêtée dans le salon à Vérone, juste après le régime, robe noire dans la loge, robe noire en arrivant au théâtre, robe noire avec caniche, robe noire pour saluer Marlene Dietrich (une femme bien, si vous voulez savoir). Et au milieu de la marée noire, un arc-en-ciel de tissus pour les costumes.

Souvent, Biki venait prendre un café à Milan, et plus tard à Paris. La première fois, c'est moi qui l'avais invitée. Maria n'osait pas trop. C'était tout de même la plus grande styliste de Milan. Maria a mis beaucoup du temps à lui demander ce dont elle avait vraiment envie. Au début, nous avons simplement tâté des soieries et des cotonnades. Puis Maria s'est mise à rêver et Biki à dessiner. Il faudrait une étoffe rouge, mais d'un rouge très profond, a dit Maria. Pour la profondeur de la couleur, c'est le tissu qui fait tout, a répondu Biki en sortant de son immense sac un long pan de velours. On dirait un rideau de théâtre, j'ai dit pour participer. On dirait Norma, tu veux dire, a dit Maria Callas. Et c'est comme ça que Biki a dessiné le costume de Norma, grande prêtresse enveloppée dans une cape de théâtre, écarlate profond, comme l'avait rêvé Maria, à cela près que Biki a ajouté, descendant du chignon, un voile d'un rouge plus léger, qui semble presque transparent à côté du rouge puissant de la cape.

Mais Maria rêvait surtout de vert. Biki est une des rares personnes à avoir compris que l'amour de Maria pour le vert venait du vert qu'elle était la seule à voir dans mes yeux, du moins quand elle portait ses lunettes. Autant vous dire qu'elle n'était pas superstitieuse comme on l'a dit. Elle a toujours poursuivi ce vert qui effraie si souvent les gens de théâtre. Un jour – c'était à peine quelques années avant que Maria ne disparaisse, et c'était donc à Paris – Biki a débarqué de Milan comme nous revenions d'une promenade sur les bords de la Marne avec les caniches et Bruna pour s'occuper des caniches. Maria lui a parlé du vert des feuillages et du fleuve. Biki n'a rien dit mais elle m'a regardée dans les yeux. Et elle s'est mise à dessiner avec sa boîte à crayon une robe serrée à la taille d'un vert aussi pénétrant que le rouge de Norma, et rehaussée, aux épaules, d'une traîne vert émeraude. Chaque vert reflétait l'autre comme le vert des arbres renvoie le vert de l'eau dans la rivière qui miroite le vert des feuilles. Pourtant ce n'était pas le vert que nous avions vu pendant la promenade, ce n'était pas non plus le vert que Maria voyait dans mes yeux. C'était, comment pourrais-je vous dire ça, c'était un vert impossible, inexistant dans la nature, et pourtant la rencontre exacte du vert des arbres, de l'eau et de mes yeux. Comme c'est beau, a dit Maria, on dirait un accord de septième augmentée. Elles ont commencé à parler de la couleur des notes ou du son des couleurs, si vous préférez. Très vite elles n'ont plus discuté que de ça. Un bleu en *la* mineur disait Maria, et ce bleu en *la* mineur, c'est celui de la robe qu'elle porte pour ce qu'ils ont appelé ensuite « la dernière tournée » – non, pas la robe bleu de *Tosca*, celle-là est en *ut* mineur.

Ça se passait toujours de la même manière. On frappait à la porte à Milan, à Paris, à Vérone, à l'hôtel, au théâtre ou à la maison. Biki entrait avec le dessin d'une nouvelle robe; Maria se mettait au piano et jouait l'accord de la robe, ou bien le chantait, et Biki disait que c'était vraiment la tonalité de la robe. Le jour où elle a porté son chef-d'œuvre, la robe aux roses rouges sur fond blanc, Maria est restée silencieuse puis a plaqué un accord de *ré* majeur. Regardez : j'ai le croquis de Biki et cette photo, regardez, Maria porte la robe, debout devant le piano, de dos – personne ne l'a jamais vue sous cet angle et elle vient de plaquer un accord de *ré* majeur et c'était *ré* majeur, c'est vrai, cette couleur de sang sur de la neige. Rendez-moi la photo, vous allez tout me mélanger. Et la robe en *ré* majeur Maria l'aimait tellement et elle était si belle que Biki lui a dessiné un petit imper rouge également en *ré* majeur et une autre robe dans une tonalité voisine, à la quinte, regardez : fleurs rouges sur fond noir. Oui, c'est ça, *la* majeur. Vous avez une bonne oreille harmonique, comme Maria. Quand je pense qu'on a écrit qu'elle ne savait pas s'habiller.

J'ai fini par soupçonner Biki de dessiner des robes pour le seul plaisir d'entendre Maria les chanter.

Non, ce n'est pas Biki qui faisait ses costumes de scène mais c'est avec Biki que Maria a réalisé un de ses plus grands rêves de théâtre. La costumière de la Scala, qui s'appelait Maria – c'est un prénom assez répandu –, avait été son apprentie à Milan. Un jour nous sommes arrivées au théâtre vers 4 heures du matin. L'entrée des artistes était fermée mais Maria avait récupéré la clef depuis longtemps. Biki, Maria,

Maria et moi avons traversé les couloirs silencieux qui menaient à la loge. De temps en temps, l'habilleuse disait *Attenzione, signora*, Biki allumait son briquet et nous évitions un siège placé là en attendant, ou une colonne romaine qui espérait soutenir un jour un faux temple en stuc. Nous descendions une marche, en remontions deux, et quand Maria a poussé un cri en grec, *Diavolos*, j'ai compris que Giuseppe, le chat de la Scala, avait filé entre ses jambes. Enfin nous sommes arrivées à la loge. Maria a habillé Maria en un tour de main et par le même chemin nous avons regagné la rue encore animée – c'était l'été – de Milan. J'étais en pantalon, j'ai toujours aimé les pantalons, Maria, l'habilleuse, était en tablier, et Biki avait choisi un petit ensemble sans manche, vert un peu transparent, parfait pour le soir, bibi assorti posé sur le dessus du crâne. Mais Maria, Maria Callas, était devenue Medea dont elle portait à présent le costume du dernier acte, noir et lourd de fausses pierreries brillantes, maquillage et coiffe à l'appui. Ainsi marchions-nous, Medea en tête et nous en cortège derrière elle, à travers les rues de Milan. Comment? Non, il ne s'est rien passé de particulier, nous avons acheté une pizza et des beignets de courgettes que nous avons mangés dans la rue. Personne ne s'est étonné: c'est comme ça quand quelqu'un sait s'habiller avec classe et naturel, à la scène comme à la ville. D'ailleurs la robe qu'elle porte pour aller voir la reine d'Angleterre, regardez bien cette photo, vous la reconnaissez ? Oui. Traviata… Le costume qu'elle portait dans *Traviata*, dans la mise en scène de Zeffirelli.

Après ce premier essai, c'est devenu presque une drogue. Maria adorait sortir en costume de scène, et je chéris cet autre jour où nous sommes allées, en plein jour, dans les rues de Milan, moi toujours en pantalon et Maria dans le costume de Tosca, *si* bémol mineur, qu'elle portait à New York, au Met, tout en bleu grisé flou, velours et perles. Les photographes mitraillaient et titraient « La femme la plus élégante du monde ». Ils ne parlaient pas de moi avec mon jean, vous pensez. Ils croyaient parler de Maria. Mais c'était Tosca la femme la plus élégante du monde.

Dans *West Side Story*, dans l'arrière-boutique de la couturière, vous vous souvenez comment Nathalie Wood-Maria est habillée ? En jaune et rouge, mais un rouge presque rouille. C'est ça, *fa* majeur, jaune et rouille, la tonalité préférée de Maria. *Grazia*, vous connaissez ? C'est un journal de stars, en Italie. J'ai gardé un vieux numéro. Pas n'importe lequel : c'est moi qui ai pris la photo et puis on l'a donnée au journaliste qui insistait. Maria était en bleu et quelque chose n'allait pas. Alors un châle jaune et un chemisier carmin qui traînait là : *fa* majeur a éclaté au premier plan. Et ce jour à Londres, ce jour où elle a dit à Onassis qu'ils allaient poser en *fa* majeur, et lui, distrait, faisait ses comptes, a dit mais oui tout ce que tu veux ; lui reste en noir, tout *do* majeur, presque effacé de l'image ; on ne voit qu'elle, polo jaune et petit foulard, rouge bien sûr, si éclatant qu'on dirait presque que l'image a été colorisée après coup, mais ce n'était pas la peine, Maria se colorisait très bien elle-même. Pourquoi croyez-vous que Lenny Bernstein a écrit *I feel pretty* en *fa* majeur ? Toute cette scène, il la doit à Maria Callas. Irene Sharaff, qui avait fait les costumes de *West Side Story*, a remporté l'Oscar de la meilleure création de costumes. C'est Callas qui aurait dû l'avoir.

Les robes de Maria, moi, je les adorais. J'adorais les voir passer devant moi sur son corps comme un cortège de belles coupes qui dévalaient ses hanches. Souvent je restais là pendant les essayages. Je ne sais pas ce qu'elle disait, je ne sais plus si elle me parlait, je me souviens seulement des formes dorées, velours, soleil couchant, lune miel, vert tilleul. Quelque chose d'aussi brillant, scintillant, tentant que Maria arpentant sa chambre avec les robes, je ne l'ai jamais vu. Si, peut-être, quand nous étions enfants, les lumières en étincelles de Noël à Manhattan. Je les aimais ses robes. C'était… C'était, tenez, comme dans la chanson de Nathalie Wood-Maria en *fa* majeur : *witty and bright*. Ces robes, je les aimais plus encore que Maria ne les aimait. Parce que Maria, ce qu'elle voulait vraiment, quand nous restions seules après le départ de Biki, quand il n'y avait plus d'habilleuses, plus de photographes, quand c'était le moment de regarder le soleil se coucher comme une pêche, ce qu'elle voulait par-dessus tout, c'était passer avec volupté, en chantant *I feel pretty*, le vêtement qu'elle a toujours préféré à tous les autres et qui, pour tout dire, m'appartenait : un jean... un jean orange.

Alors elle me regardait et elle chantait la suite de la chanson : *It's alarming how pretty I feel.*

Et c'était ça, Maria Callas en jean orange : *alarming.*

Un régime avant l'été

Je me dis qu'à m'entendre vous allez penser que Maria et moi avons vécu la mélodie du bonheur, entourées de jolis pans de tissus multicolores et de quelques maris ou amants prêts à participer au paiement des factures que Biki laissait discrètement, en partant, sur la table ou sur la cheminée, cela dépendait, et parfois il fallait chercher.

Ce n'était pas comme ça. Même au temps du vieux mari, il n'a jamais été nécessaire de quémander le moindre argent, parce que nous avions mon salaire – bien sûr que je travaillais, qu'est-ce que vous imaginez ? – et parce que, dès le début, nous avons fait en sorte de doubler le mari. Il croyait signer des contrats et toucher les royalties qu'il accumulait à son nom sur le compte de la vieille banque tout en marbre où il entreposait ses lires et ses dollars avec délectation. Mais ce qu'il signait n'était que le codicille du vrai contrat, celui que Maria ou moi, quand elle n'avait pas le temps, négociions toujours avant lui. L'article 10 laissait généreusement au *marito* dix pour cent du vrai cachet et l'article 11, le plus secret, stipulait qu'on lui donnerait l'illusion qu'il gérait tout cela de main de maître. La comédie s'est révélée utile quand il a fallu trouver une raison valable pour expliquer le divorce et le début de l'histoire avec Aristote : mari avare, femme moderne, fini la bonne ménagère, machine à laver au foyer, boîte de conserve contre plats mijotés, femme libérée bien décidée à toucher le fruit de son travail, tout cela est moelleusement passé dans le gosier des requins de la presse, qui en redemandaient.

L'argent, il y en avait. Pour les robes, les jeans, les maisons et, plus tard, pour le projet de Maria – je vous en parlerai. Mais à l'époque c'était comme maintenant : pour les robes et les jeans, les frous-frous et les couturières, pour faire des essayages et passer des jolis costumes, il fallait se tenir droite, être sûre de sa beauté, de son nez, de ses hanches et de ses cuisses élancées ; il fallait être naturellement agile, à l'aise, altière et pas seulement, je vous prie de le croire, sur une scène de théâtre. Avant de vous ouvrir les portes des salons d'essayage, on attendait que vous attestiez avoir, depuis l'enfance, un soin immodéré de votre corps parfait.

Maria détestait son corps. On n'en parlait pas à l'époque, mais je savais que ce corps miraculeux

– pas beaucoup de corps qui font tomber les applaudissements dès qu'ils émettent un son – était aussi son plus grand ennemi. Oh, de grâce, ne faites pas semblant de regarder ailleurs ! Les gens font toujours ça quand j'essaie d'aborder le sujet. Maintenant on vit à une époque où les choses du corps ne font plus honte, et tant mieux, je suis contente d'avoir vécu jusque là. Et pourtant il reste ça, qui fait détourner les yeux : les gros. Si vous avez déjà été gros, vous voyez de quoi je veux parler. Sinon, écoutez-moi. Oui, Maria était grosse, et pas qu'un peu. Une vraie grosse avec des seins à l'âge de huit ans et des cuisses qui se touchent quand on marche. Même quand elle était devenue maigre, elle était grosse, parce que pour les gros, la maigreur, ce n'est qu'une manière d'être gros à l'envers. C'est pour cette raison qu'elle haïssait son corps, du moins c'est ce que j'ai longtemps pensé, avant de comprendre qu'elle avait d'autres motifs de détestation. Je vous expliquerai mais tout à l'heure. Avant j'ai d'autres choses à dire. Reprenez de ce café. Vous allez en avoir besoin parce que je n'ai pas tout à fait fini.

Les autres enfants… Il ne fait pas bon être différent quand on est un enfant forcé de fréquenter la société d'autres enfants. Le corps de Maria débordait de différence. Les injures tombaient. Éléphant, gros machin, et le pire, patate, en anglais et dans toutes les langues parlées alors dans le faubourg de Brooklyn. Souvent c'était plus insidieux. Si un nouveau arrivait – dans les années trente, il y avait des nouveaux presque chaque jour, à l'école de Brooklyn, les gens fuyaient l'Europe –, si un nouveau arrivait et, pour amadouer la cour de récréation, offrait des billes ou un gâteau à la petite société scolaire, il y en avait toujours un pour lui dire : Non, pas à Maria, elle n'en veut pas, elle ne veut pas grossir. Et si, plus tard, le nouveau proposait, pour asseoir sa popularité naissante, un jeu de course ou de ballon, la sentence tombait de nouveau : Demande pas à Maria. Sait pas courir. Ou, injure pire encore : Elle sait pas courir vite.

Chaque fois, ça fait un peu mal, une petite coupure dans l'âme, une irritation silencieuse qu'elle a toujours gardée, à vif. Pour survivre, elle faisait comme si rien de tout cela n'existait et traversait la cour de l'école avec le port d'une reine en exil, couronnée d'un diadème cuisant de honte mais invisible. Si je l'avais défendue, j'aurais laissé entendre qu'elle souffrait et que je le savais, que son corps en faisait trop et que je le voyais, moi aussi. Elle préférait bien, je crois, que je me tienne à ses côtés et lui raconte, sur un ton un peu trop distingué pour mon âge, les histoires que mon père rapportait de l'hôpital de Brooklyn. Mon père était médecin. Chirurgien. Il racontait ses histoires sanglantes à ma mère, et je les écoutais en secret depuis mon lit pour pouvoir, le lendemain, apporter à Maria des histoires de corps qui n'étaient pas le sien.

Madame Callas, mère, n'était pas aussi délicate que moi. Quand Maria se levait, chaque matin, à Brooklyn, sa mère, avant de la saluer, la regardait. D'un air navré. Et disait invariablement, en grec, de peur que les voisins ne comprennent : Tu as encore pris. Prendre, c'était un euphémisme pour grossir. Comme les voisins, c'était moi et ma famille et que nous parlions grec, nous comprenions très bien et ne risquions pas de ne pas entendre puisque, pour la puissance vocale, la mère Callas tenait de sa fille, si je puis dire. À l'époque, j'ai cru que Maria mangeait chaque jour un peu plus pour oublier le lendemain et son refrain imparable, tu as encore pris. J'en voulais beaucoup à Madame Callas de faire du mal à Maria. Elle n'était pas seule responsable et Maria avait d'autres raisons de manger au-delà de toute mesure, mais j'étais encore trop jeune pour le comprendre.

J'en ai aussi beaucoup voulu à Audrey Hepburn. Si Audrey Hepburn n'était pas née six ans après elle avec ses yeux de biche, son coup de girafe et ses jambes naturellement maigres, Maria n'aurait pas voulu lui ressembler à toute force, au point de découper ses photographies dans *Vogue* et de les coller sur tous les miroirs qu'elle rencontrait. La Callas, ressembler à Audrey Hepburn… Est-ce que Wagner veut ressembler à Mozart ? L'Himalaya à la butte Montmartre ?

Je déteste mes jambes, disait Maria, regarde ses jambes si fines, si frêles comme il faut, elle a parfaitement les jambes de ses yeux de gazelle. Mais tes jambes, je disais à Maria, tes jambes elles sont solides, elles te portent où tu veux, elles tiennent le vent et la mer, tes jambes sont des colonnes doriques tout ancrées dans la pierre, prêtes à soutenir tous les temples, et le temple, c'est ta voix. J'en faisais un peu trop, je sais bien, mais il fallait ça pour lutter contre les images de la Hepburn, toujours plus squelettique, qui envahissaient les magazines illustrés. Tu as les jambes de ta voix, je disais à Maria, tu l'as entendue chanter la Hepburn ? Elle chante comme une allumette. Grosses, elles sont grosses, des pattes d'éléphant, disait Maria de ses jambes. Immenses comme les cuisses d'Athéna, je répondais, des jambes pour se tenir sur l'Olympe, et mes mains se perdaient à en faire le tour. Mais je n'en veux pas de ces cuisses, disait Maria, qui les traitait de tous les noms. Quand on est gros, on se fait injurier, puis on finit par s'injurier soi-même. Et mon ventre, j'ai du ventre, disait Maria. Et je pensais, sans plus oser le dire, que son ventre était ferme et moelleux comme les graves de sa voix. J'ai du ventre, pas même un petit ventre comme disent les vraies femmes, un gros ventre et des seins immenses jusqu'aux genoux, un monstre. Pas un monstre, un prodige, un miracle, voilà ce que je répondais. Mon corps ressemblait encore à une brindille assez peu prometteuse et franchement osseuse quand Maria avait déjà le corps de Medea. Je rêvais la nuit que je possédais enfin des seins dignes d'elle, ou bien que je caressais les siens, de lourdes pastèques qu'elle tentait de dissimuler par tous les moyens. Je l'enviais.

Elle se désolait. Maria était née en 1923 en même temps qu'un nouveau et stupide diktat : une femme devait être mince ou ne pas être une femme. Et Maria s'appliquait à être une femme, comme elle s'était appliquée à apprendre la musique. Sérieusement. Méthodiquement. Obstinément. Elle regardait les photos de la Hepburn comme on regarde une partition que l'on n'a pas encore déchiffrée. Mais son corps, quand elle osait le regarder, lui semblait si différent, si étranger aux exigences des gravures de mode, qu'elle avait l'impression d'être sourde, illettrée de la beauté, incapable de rien apprendre, jamais. D'abord elle a bricolé, camouflé tout ce qui dépassait, comprimé tout ce qui était en trop, refait les gestes de honte de toutes celles dont l'opulence appelle irrémédiablement le rejet. Et comme pour s'excuser de ne savoir se mettre au tempo des exigences du charme américain, elle souriait un peu trop. Ne souris pas autant, je lui disais quand elle pleurait : on dirait que tu leur demandes d'avoir pitié de toi.

Maria ne m'écoutait pas. Avant Hepburn, elle a contemplé des heures durant, et moi aussi par le fait, la silhouette sportive de Garbo et les joues creuses de Marlene Dietrich que nous devions rencontrer un jour mais qui n'était pour l'heure qu'un modèle parmi d'autres auquel il fallait s'échiner à ressembler. Puis il y a eu Ginger Rogers, qui chantait beaucoup moins bien que Maria mais était assurément beaucoup plus mince, et même Fred Astaire parce que Maria aurait voulu sauter et danser comme lui, avec cette fluidité que les gros ne possèdent jamais tout à fait. Et toutes les autres : Veronika Lake et ses pommettes hautes, Lauren Bacall et sa taille étroite, Martine Carol et ses petites épaules, Katharine Hepburn, la tante d'Audrey, et ses jambes taillées pour porter le pantalon avant l'heure, autant de déesses sans chair qui embourbaient Maria Callas dans la haine de ce corps dont la présence m'a toujours assuré que quelque chose me rattachait à la terre.

Maria ne voulait pas rester sur terre mais voler comme une gazelle. Quand Audrey a commencé à envahir les écrans, après son Oscar en 1954, il a fallu voir *Vacances romaines* je ne sais combien de fois, mesurer la taille à l'œil nu, la comparer, mètre de couturière à l'appui, avec celle de Maria et commencer à mettre en place ce qu'elle a bientôt appelé « le plan H ». Comme je devais un jour le comprendre, le plan H dépassait largement la simple question de l'embonpoint, qui en restait néanmoins un des points névralgiques. Il s'agissait de ressembler à ce qu'une femme devait être. Mince, miraculeuse de qualités domestiques, élégante mais bonne cuisinière, cultivée et ouverte au monde, capable d'une conversation agile et incisive mais occupée presque exclusivement par l'aménagement de son intérieur, merveilleusement habillée quelles que soient les circonstances, prête, toujours prête à accueillir les collègues du mari ramenés à l'improviste, le plus négligé des déshabillés d'intérieur devant ressembler à une robe d'apparat.

C'était un programme ambitieux. On comprend que des livres aient été publiés pour expliquer par le menu comment procéder. À cette époque Maria racontait à la presse qu'elle lisait le soir ses partitions, au lit, avant de s'endormir. Je vais vous dire, moi, comment ils se nommaient les opéras que lisait Maria Callas : *The Good Wife's Guide*, *Le livre de la femme idéale pour la meilleure épouse au monde*, *La parfaite ménagère*, *Guardaroba perfetto*, *Je sais recevoir*, *Guida allo chic*, *Vogue*, *Elle*, *Cosmopolitan*, uniquement les pages « mode » pour ne pas se laisser distraire, mais aussi, pieusement collectées par Bruna qui avait charge de les coller dans un cahier, des fiches de cuisine et de couture tout aussi impossibles à réaliser les unes que les autres…

J'en ai gardé un, de ces livres maudits. Lisez : « L'objectif d'une bonne épouse est de faire de son foyer un endroit où règnent le calme et la tranquillité afin que son mari puisse s'y ressourcer. » Voilà. Cet air-là, elle le connaissait par cœur. Regardez les images. Vous avez vu ? Exactement. Exactement les mêmes couleurs que dans les comédies musicales. Mais, attention, sans musique et sans chanson. Regardez mieux. Vous ne remarquez rien ? Toutes ces femmes… Elles sont minces… Et Bruna a dû coller dans un autre cahier tous les régimes pour l'été que Maria découpait avec l'application d'une enfant. Avec ces mauvaises lectures, elle a achevé de se persuader que, pour être une vraie femme, il faut avoir des jambes allumettes. Quel gâchis.

On a dit beaucoup de choses sur l'amincissement de Maria, on a fait des hypothèses invraisemblables et hurluberlues qu'elle a parfois un peu encouragées, entre le régime à base de pâtes et l'ingestion de vers solitaires, sans oublier les drogues – pas mal de docteurs Miracle, à l'époque, c'est vrai, dealers de pilules roses qui vous coupaient l'appétit, vous tuant au passage, mais au moins mourait-on mince. Sur la question je n'ai pas de révélation à faire. Maria a maigri parce qu'elle a cessé de manger et elle a cessé de manger parce qu'elle était devenue la pire ennemie de son corps : elle devait ressembler aux femmes des livres et des journaux.

Eh bien, vous savez quoi ? Même mince, elle était beaucoup plus belle qu'Audrey Hepburn.

La réunion Tupperware

Vous me direz que ça l'a peut-être aidée, un temps, ces histoires de régime, qu'elle a semblé, quand ç'a été fait, plus apaisée et qu'elle a pu jouir de l'idée que plus personne jamais ne penserait en la voyant qu'elle était grosse comme un éléphant.

Ça n'a pas suffi. Il a fallu faire appel à Biki, dont la mission était de la guider sur la voie de la féminité. Heureusement Biki, quand elle nous rendait visite, apprenait la musique plus qu'elle n'enseignait à Maria l'art d'être femme. Mais c'est alors qu'on est entrées dans la période Tupperware. Vous voyez de quoi je veux parler ? Ça existe encore ? Les réunions aussi ? Misère… Je croyais qu'on avait aboli tout cela… Dans les années cinquante, c'était la grande mode. Une femme parfaite organisait des réunions Tupperware. Quand Maria a eu le corps des femmes minces comme sur les livres, quand elle a été revêtue par Biki et les autres de toutes les tonalités de robes que l'on puisse imaginer, il a fallu se faire livrer les jolis raviers en plastique, les cartes d'invitation, les petits cadeaux estampillés Tupperware, marque déposée, et surtout l'indispensable bible des aspirantes aux mystères du plastique coloré, *Secrets et techniques de vente à l'usage des démonstratrices.* J'ai essayé de dire que c'était vraiment nunuche cette histoire de récipients, et Maria a ri avec moi, a dit que c'était juste pour essayer, pour s'amuser. Maria aimait s'amuser et on ne peut pas dire que Madame Callas, mère, lui ait donné beaucoup d'occasions de jouer à la dînette quand nous en avions l'âge – il fallait travailler. N'empêche qu'elle l'a apprise par cœur, la bible du plastique. J'ai dû prendre le livre et vérifier qu'elle ne se trompait pas. Je me souviens encore d'une phrase qui nous a donné du mal : « Les produits Tupperware (marque déposée) sont faits de polyéthylène, polystyrène, polypropylène, autrement dit de plastique. » À la fin, Maria Callas disait cela très bien. Je dirais même qu'elle le disait parfaitement bien car pour l'apprendre rapidement elle avait utilisé ce qu'elle connaissait, la musique, insufflant un rythme et presque des hauteurs de notes aux phrases qu'elle devait prononcer, si bien que lorsqu'elle disait « Le plastique est la solution de la femme moderne soucieuse de son intérieur », j'entendais, moi, et je voyais, Médée se jeter sur Jason : « Vous voyez de vos fils la mère infortunée. »

Dans la cuisine envahie de plastique, tout se mélangeait peu à peu. Norma regardait la lune en serrant contre son cœur une boîte rose layette cent pour cent hermétique, *Casta Diva*, la magie plastique, toi qui couvres d'argent ces bosquets, *a noi vogli il bel sembiante*, tourne vers nous ton beau visage, laissez-moi vous présenter la magie de Tupperware, *senza nube e senza vel*, sans nuage et sans voile. Tourne vers nous ton beau visage, qui offrira à votre cuisine la touche de modernité qu'attend toute ménagère du vingtième siècle.

Une fois Lenny Bernstein était là parce qu'ils devaient travailler pour la reprise de *Medea*, mais comme Maria s'était lancée dans une séance de travail Tupperware, il l'a écoutée déclamer les phrases du Manuel puis, comme elle était en train, de substantiels extraits de *The Good Wife's Guide. Have dinner ready*, *fa* majeur, pianissimo, accord de dominante, *plan ahead, even the night before*, crescendo, accord de seconde, *to have a delicious meal ready*, septième diminuée, *on time for his return*, demi-cadence ; puis moduler en *ré* mineur : *This is a way of letting him know*, accelerando, *that you have been thinking*, a tempo, *about him*, contre-ré, *and are concerned about his needs*, ralentendo, cadence parfaite. Peu après, Lenny a fait toutes ses déclarations sur l'opéra qui devait s'emparer des mots et des situations de la vie quotidienne, puis a écrit *Trouble in Tahiti*, son meilleur opéra, dont certaines répliques, *Pass me the toast, This coffee is burned, Make it yourself,* sortaient directement, paroles et musique, de la cuisine de Maria Callas, cet après-midi-là, en particulier ce très beau chœur qu'il s'est contenté de noter comme Maria chantait ses leçons de femme moderne : *Up-to-date kitchen, washing machine, colourful bathroom and* Life *magazine.* Maria Callas a beaucoup apporté à l'opéra contemporain.

De notre côté, à force de travail, nous étions fin prêtes pour donner notre grand spectacle, la réunion Tupperware à laquelle Maria tenait tant. L'opéra a mal fini. Une femme parfaite a des amies. Maria n'avait pas eu le temps de se faire des amies, parce qu'entre deux récitations de plastique elle continuait à chanter sur les scènes du monde entier. Il n'y a eu que moi, Biki et Bruna à la réunion Tupperware. J'ai donné un peu d'argent à Bruna pour qu'elle s'offre deux ou trois boîtes en plastique roses et bleues, mais elle n'a pas voulu tromper Madame, et malgré nos efforts, Biki et moi n'avons pas pu acheter tout le stock. Maria avait vu les choses en grand. Nous avons croulé sous les produits Tupperware pendant des années. Même le radis qu'on a jeté un jour à Maria sur la scène de la Scala a fini dans un bol en plastique, hermétiquement clos comme tous les produits de la marque.

Si on fait le bilan, il faut admettre que l'affaire Tupperware a été un four. Après, Maria a essayé d'autres choses – boîtes de conserve, batteur

Moulinex dans sa jolie boîte en carton bleu et blanc, gazinière électrique et la première machine à laver de tout Milan, devant laquelle elle a posé pour *Grazia* avec un beau tablier orange. Mais le cœur n'y était plus et j'étais un peu soulagée. Je n'aurais pas aimé que Maria Callas apprenne pour de bon à devenir une vraie femme.

Médée mère

Medea, voilà une vraie femme. Vous avez vu Maria faire *Medea* ? Magnifique Medea, le poignard alarmant de haine qui vient caresser la poitrine étroite et blanche de ses garçons. Terriblement assoiffée de leur petit cri, juste avant le sang, quand elle enfoncera doucement le pointu de sa lame dans la veine qui bat dans le cou. Incomparablement monstrueuse quand le noir de sa robe se teinte de rouge profond. Haineuse à pleines mains, abondamment enfiellée, chanteuse de toutes les berceuses qui se terminent au bûcher des morts, dors, dorsmeurs, mon garçon, maman veille, maman vit, pas toi. Medea Mater. Superbe abomination ! Vous voulez un verre d'eau ? Non ? J'avais l'impression que vous aviez pâli. Il ne faut pas se laisser impressionner, mon garçon. Ce qu'il faut comprendre, c'est comment fait Medea pour paraître si terrible. Qui elle imite, si vous préférez. À qui appartiennent son masque de haine et ses mains soudain de géante pour broyer le poignet fragile du fils qui cherche encore à s'enfuir.

Vous avez remarqué que l'on ne parle jamais de la mère de Médée ? Dans les résumés que l'on distribue aux spectateurs pour qu'ils comprennent quelque chose à l'opéra, on écrit toujours : « Médée, fille du roi de Colchide, petite-fille du Soleil, nièce de la magicienne. » Et sa mère ? Sa mère, pourtant... Idyie... Née d'Océan et de Thétys, mère de Médée et fille de Titans. Trop terrible l'Océanide ? Enfermée, peut-être, dans une caverne de Colchide après le jour où elle a voulu, sans poignard, à mains nues, noyer, viens embrasser ta mère, noyer sa fille. Ne cherchez pas cette histoire dans les livres. Ce n'est pas quelque chose dont on aime se vanter en Colchide.

Pour échapper à ce baiser de mère, il faut se gonfler de haine, de tant de haine pour échapper à ce baiser-là, il faut être prête à vous déchirer comme vous avez déchiqueté son ventre en naissant par le siège, vagin grand ouvert vers la lumière, c'est une fille, qu'elle meure, je voulais un garçon, un beau petit garçon à la poitrine étroite. On oublie toujours que Médée a tué son frère, avant de tuer ses fils.

À Brooklyn on disait que la mère de Maria ne l'aimait pas et, quand elle en avait assez de répondre aux questions, Maria servait cette soupe. Mal aimée de sa mère, pas de tendresse, enfance triste. Mais c'était bien mieux que ça... Bien pire. Sa mère voulait la détruire, la tuer, sa perte, l'anéantir, la réduire en poudre, en cendres, la submerger de toute sa douleur jusqu'à bien la noyer, pas besoin de poignard – je le sais, j'étais là, et chaque fois qu'elle disait le soir, avant d'éteindre la lumière ou au moment de partir pour une soirée entre amis, au restaurant, chaque fois qu'elle disait Maria, viens embrasser ta mère, alors tout se figeait et sur le mur de la chambre se dévoilait, gigantesque, l'ombre du chignon postiche de Madame Callas mère. Je ne voyais pas comment Maria pouvait survivre, a pu survivre. Maintenant je ne le sais que trop.

Vous devez bien comprendre que ce n'était pas vrai. Que le « Maria, viens m'embrasser » de sa mère était dit trop lentement, trop fort, trop distinctement. C'était du théâtre, Mère, tu joues tous les soirs, tous les matins, à me haïr, c'est pour de faux, comme tu joues bien, Mère, la haine, comme tu la rends fausse la haine que tu ressens vraiment. « Maria, viens m'embrasser... » Fais-moi peur, Mère, fais-moi peur pour de faux, mais que cela soit vrai, aussi vrai que Médée. Théâtre de mère en fille.

Chez les Callas, c'était théâtre tous les jours sauf quand c'était relâche. Le parrain de Maria poussait jusqu'à la pharmacie de son père, ils tiraient le rideau de fer, sortaient un jeu de jacquet et après quelques parties allaient jusque chez nous, au cinquième, parce que nous avions un téléphone à cause de la profession de mon père. Le père de Maria pleurait et son parrain disait dans le combiné en ébonite noire qu'il était temps d'intervenir. Encore, me disait Maria, et depuis sa chambre nous regardions sa mère un peu hagarde, entourée de nos pères et suivie du parrain, entrer dans la voiture blanche. Elle part dans la grotte, disait Maria et elle me racontait, en grec pour que personne ne comprenne dans la cour de l'école, puis dans la rue, que de temps en temps sa mère partait dans une grotte obscure faire de la magie. La grotte était à Manhattan, on aurait pu y aller, disait Maria, mais nous n'avions pas le droit. Elle ouvrait la bouche pour imiter le bruit du vide dans la grotte noire – on aurait dit un basson ou une trompette bouchée. Puis sa mère revenait et le grand show Callas reprenait.

Avec le théâtre, Madame Callas terrorisait sa fille pour ne pas la tuer et la laissait se retourner dans son lit, anéantie mais vivante. Vivante et se croyant morte ou jouant la morte pour continuer à vivre. Ou apprenant à tuer, pour de faux, à tuer les petits garçons. Oui, un garçon. Mort en Grèce. Avant Maria. Mais ce n'était pas la raison, je pense. Venait de plus loin. On le voyait bien. Haine de fille en mère.

C'est pour cela, parce qu'on ne pense jamais à la mère de Médée, que Maria Callas a révélé Médée aux yeux du monde, qu'elle a été, pour toujours et à tout jamais, la meilleure Médée de tous les temps. Elle avait compris l'équation : pour être Médée, il faut avoir un modèle qui a joué à vous faire mourir de peur pour ne pas vous tuer. Elle est Médée, disaient les gens. Mais on n'est pas Médée. On joue. On fait Médée. Vous vous souvenez de l'acte III ? De l'opéra ? Médée passe son temps à répéter, à jouer qu'elle tue ses fils, sous les yeux de Néris, c'est son esclave scythe, qui est assez bon public. Elle ne tue pas ses fils, elle fait, comme on dit aujourd'hui dans les écoles de théâtre, des propositions. Cruelle : « Chers enfants, vous serez mes plus belles victimes. » Aimante : « Chers enfants, je vous adore. » Terrible : « Étouffe dans mon cœur tout sentiment humain. » Ça n'allait pas ? On la refait. Humble, éperdue : « Malheureuse, est-ce à toi de vouloir être mère ? » Pas encore tout à fait ça. Agite-toi, soupire. L'œil ! Plus égaré, l'œil ! Et si Médée faisait Médée : *E che? Io son Medea! E li lascio in vita*, Et quoi ? Je suis Médée et je les laisse vivre. Pas mal. C'est la réplique que Maria préférait, écoutez comme elle prend, pour la chanter, une voix acide de sorcière.

Après ? On ne sait pas. On ne voit pas si elle les tue « vraiment ». Ce n'est pas la question dans le théâtre de Médée mère. Avant, juste avant, dans l'opéra, à l'ouverture de l'acte, l'orchestre joue une tempête. Ils en faisaient tous à l'époque, les compositeurs, des tempêtes d'opéra aussi truquées qu'une fureur d'Océanide à Brooklyn – écoutez comment Bernstein dirige, on dirait les sirènes de Manhattan, c'est exprès, la voix de Callas c'est de l'électricité, il disait. « Chers enfants, embrassez votre mère », la réplique de Néris est bien plus effrayante que les roulements de tambour de la tempête. Pour survivre à leur mère, les filles doivent tuer les petits garçons, ou faire semblant.

Pier Paolo n'a rien compris à tout ça quand il a voulu filmer Maria en Médée. C'est peut-être mieux. C'est son meilleur film, le *Médée*. Je ne dis pas ça parce que Maria en est le centre. Ni, comme tout le monde l'a dit, parce qu'il aurait eu l'idée de génie de faire entendre son silence, un film avec Callas et elle ne chante pas, comble de la snoberie – de toute façon, à cette époque, elle aurait été bien en peine de chanter. C'est son silence à lui, le silence de sa caméra, qui fait l'intérêt du film. Il s'est contenté d'enregistrer sans commentaire le masque Medea de Callas. Il a, comme on dit, fixé sur la pellicule l'ombre chinoise d'un opéra qui s'était joué ailleurs, dans des théâtres où il ne fait pas bon s'asseoir trop longtemps. La preuve qu'il n'était pas si idiot, en fin de compte, le Pier Paolo. Mais bien benêt quand même, car la haine qu'il avait filmée tout le jour, en Turquie, il n'en avait pas grande idée et c'est moi, le soir, qui en essuyais les traces sur le corps de Maria, lave-moi, elle disait, et je passais mes mains sur sa peau brune orange. Ça colle à la peau, la haine. La vérité c'est que Pier Paolo était un garçon à la poitrine étroite qui se méfiait un peu. Maria ne l'a pas tué. Elle aurait pu. Le petit revolver, plus efficace qu'un poignard, elle l'avait pris dans ses bagages, mais c'est moi qui le gardais. Plus prudent. Non, ce n'était pas un vrai revolver. C'était une arme de théâtre, comme le couteau qui tue les enfants dans le film de Pier Paolo. Mais à ce moment-là nous ne savions plus trop, je vous assure, ce qui était le plus dangereux, du théâtre, enfin du cinéma, ou de la vie.

Voilà le théâtre de Médée. On doit la vie à un jeu qui vous protège de la haine mais le jeu qui vous épargne est tellement réel que l'on risque d'en mourir, sauf à grandir et à apprendre à en user de même.

Maria a grandi. Je vais te tuer. Le jour où elle a dit ça à Homèros, il avait fait je ne sais quelle bêtise. Rien de méchant. Mais la haine était parfaitement imitée. Heureusement que j'étais là et qu'à force je connaissais l'opéra par cœur. *Lontan, lontan*, Va-t'en, va-t'en, j'ai chantonné tendrement, comme si j'interprétais une Médée enfin adoucie. Puis, en grec, comme si on jouait la pièce d'Euripide, qu'il aimait beaucoup : δωμάτων ἔσω, τέκνον, rentre dans le palais, fils. Et quand il a eu fini de pleurer dans mes bras, je lui ai expliqué l'histoire de Médée mère. Je crois qu'il a compris. C'était un garçon très intelligent. Homèros ? Vous avez raison de demander. Je ne vous ai pas encore parlé d'Homèros.

Mais tout de même. Vous avez vu comme elle est effrayante au moment d'égorger ses fils ?

Homèros

Par où commencer pour vous raconter Homèros ? Je vais refaire du café. On ne va pas déranger Bruna pour ça. Elle est fatiguée.

Trop d'images me viennent toutes à la fois quand je pense à lui. Une petite tête aux boucles brunes qui hurle et sa mère qui rit au rythme de ses cris, elle monte, il suit, elle redescend d'une tierce, il reprend à l'octave, elle tient sa note, pianissimo, lui l'accompagne de mille petits hoquets, bouche fermée, elle lui répond, silence, il écoute, silence, elle le regarde, et dans le creux de l'instant tous deux inspirent et à l'unisson lancent au ciel une longue voyelle, quelque chose comme un aaaaaaa, ou plutôt non, aaaoouuuuuuu, qui s'étire, on dirait que l'un et l'autre ont reçu le secret du souffle infini. Tu as vu, Sophia, tu as vu, comme un bébé a naturellement la voix parfaitement placée ? disait Maria. Il a faim, donne-lui le sein, je répondais, pragmatique, tout en espérant secrètement que le duo continuerait encore un peu.

Homèros nourri de voix dès le premier jour de sa vie. Homèros hésitant entre le sein et le son de sa mère lui jette un regard d'éternité comme s'il l'écoutait avec ses grands yeux noirs. Maria Callas rit de nouveau, il crie doucement, ça recommence, c'est un bis, je me retiens d'applaudir. C'est une drôle de chose, l'amour pour les enfants. Tenez, moi, Homèros, au début, je l'aimais car il était le fils de Maria. Je ne faisais pas très bien la différence. Elle l'avait tellement voulu. Tant que je peux, je veux, disait Maria. Je me disais qu'un enfant la distrairait peut-être des produits Tupperware et autres guides de la femme accomplie. Puisqu'elle veut tant, me disais-je, faire ce qu'une femme ordinaire accomplit alors qu'elle sait chanter comme aucune autre femme ne peut le faire, qu'elle ait donc un petit.

Voilà comment il est né, Homèros fils de Callas. Vous ne m'avez pas encore demandé le nom du père. Un bon point pour vous. À moins que vous ne pensiez, comme tous les autres, à Onassis ? Je ne peux guère vous en tenir rigueur. Avec tous les indices que nous avons éparpillés un peu partout, il y a de quoi se tromper et même écrire deux ou trois opéras. *Le Fils de la Callas*, c'est un bon titre, non ? D'ailleurs, comme les meilleurs opéras qui soulèvent disputes et factions avant d'entrer au panthéon lyrique, le nôtre a vite scindé notre public en deux camps.

Les uns, les plus nombreux, n'y croyaient pas, se ralliant à l'étendard poussiéreux porté par le vieux mari : gynécologue formel, avoir des enfants impossible, problèmes hormonaux voyez-vous et utérus tout à l'envers, comme si ce brave Meneghini avait jamais eu la moindre idée des hormones et de l'utérus de Maria, passons, et pour en rajouter une couche, il laissait d'autres dire qu'Ari avait des petits problèmes avec sa virilité, la moitié d'un homme l'armateur, pas fichu de faire un enfant, qu'est-ce que nous avons pu rire, Ari, Maria et moi, quand nous avons lu ça. Ou bien, variante plus cruelle, le Grec distribué dans le rôle du méchant baryton qui aurait déclaré, on le sait de source sûre, personne l'ayant dit à tout le monde, que jamais il n'aurait un enfant de Maria. Que ferais-je d'un autre enfant, j'en ai déjà deux. C'est une belle réplique. Nous l'avions beaucoup travaillée avant de la confier à la rumeur.

Les autres, menés par un brave garçon en mal de sujet, le plus naïf des journalistes que la terre ait portés, Nicholas, Nicholas Cage, se ruaient comme des poules affamées sur les os que nous leur avions laissés. En amuse-gueule, les déclarations de Maria par nous soigneusement préparées, par lui religieusement recueillies : Je veux vivre… avoir un bébé… J'ai trente-six ans… vous comprenez. Puis le grand air donné à une Madame Schaeffer, journaliste au *Figaro* : costume de femme enceinte – robe ample, doigts artificiellement enflés, maquillage cernant les yeux – et déclaration douloureuse sur le vieux mari qui aurait refusé qu'elle ait un enfant – tout pour la carrière, destin de mère empêché : un succès, ça a fait les gros titres. L'ensemble fut saupoudré de quelques annulations, volontairement inexpliquées. Enfin, notre pièce maîtresse, dont j'étais un peu fière. Je voyais souvent, à cette époque, une employée de l'état civil de Milan qui aimait le bel canto. Contre une ou deux invitations à la Scala, elle se fit un plaisir de me fournir l'acte de décès d'un pauvre petit Italien prénommé Omero, sans H, ce qui achèverait de brouiller les pistes : l'enfant était né, mais, hélas, mort tout de suite, voilà pour la note tragique. Laisse traîner ça dans le tiroir, ça servira, a dit Maria. Ça a servi quand Bruna, qui avait bien appris son rôle, l'a vendu à prix d'or à ce benêt de Nick Cage. Et comme Bruna était ce jour-là d'humeur à improviser et à en rajouter, elle lui tricota la plus invraisemblable des histoires, plus alambiquée encore que l'intrigue d'un opéra de Verdi. Que Callas pour des raisons médicales, ou pour pouvoir honorer un contrat, ou encore pour ne pas donner à Onassis, père putatif de la fable, la vision de son corps gonflé par les derniers mois de grossesse, à moins que cela n'ait été un pur caprice – les divas, vous savez, font des caprices – aurait exigé d'un médecin complaisant, à Paris, ou était-ce à Milan, qu'il extraie l'enfant avant terme de sorte que, bien sûr, le pauvre petit ange n'avait pas survécu et voilà ce qui fait que le bébé lyrique est mort.

Oui mais alors. Le camp adverse prélude sa réponse. Pourquoi Maria Callas n'a-t-elle jamais parlé de la chose à personne ? Elle en a parlé, si, si, disent les partisans de l'enfant, à Mario Del Monaco, le ténor, il l'a juré. Mais alors cet enfant, mort ou vivant, où est-il ? C'est impossible, c'est impossible. Si, si, si, tout à fait possible, l'enfant est mort sous un faux nom, mais le chauffeur de la diva, quand on l'évoque, reste silencieux et pâlit, un signe certain qu'(H)omèro(s) naquit et mourut à Milan. Et ils sont là, ceux qui y croient et ceux qui n'y croient pas, à chanter notre livret, avant même que nous ne l'ayons achevé, *Un bambino sì, sì. No, non puo essere, non puo. Sì e nato, sì e morto. No, no, non puo essere, non puo. Sì, sì, sì, sì, no, no, no, no,* ad lib., demi-chœur contre demi-chœur, un truc classique, ça plaît toujours.

Pendant qu'ils s'égosillaient, nous avons fait ce qu'il convenait de faire. Homèros avec un H est venu au monde en toute discrétion au milieu du boucan des chœurs. Ce n'est pas une manière de parler. Il est né sur la scène de la Scala en 1960. Un *Norma* que nous avions décidé de ne pas annuler parce que nous savions qu'il nous faudrait un jour disposer d'une grosse somme d'argent et commencions à économiser. C'était l'acte II, quand Norma hésite à tuer ses enfants – Médée n'est pas la seule à avoir ce genre de préoccupation. *Mei figli*, ce sont mes enfants, a chanté Maria. Peut-être que cette histoire n'a pas plu à Homèros, qui devrait pourtant en voir d'autres avec la Callas, mais il ne le savait pas encore. Toujours est-il qu'elle a poussé un cri qui est dans la partition et n'a donc inquiété personne. Nous avons été un peu plus étonnés quand Maria a sauté toute la scène suivante pour entonner le duo qu'elle doit chanter avec Adalgisa, sa rivale, qui devient son amie car l'une et l'autre s'aiment plus qu'elles n'aiment Polione, enfin c'est comme ça que je vois les choses. *Sì, fino all'ore estreme*, Oui, jusqu'à l'heure suprême, *Compagna tua m'avrai*, Je serai ta compagne, a dit Maria en me regardant (j'étais en coulisse, comme souvent à l'époque) avec une insistance qui m'a alarmée plus qu'elle ne me comblait d'aise. Heureusement, Christa Ludwig, qui chantait Adalgisa et qui est une grande professionnelle, s'est ruée sur le plateau pour faire le duo avec elle, à un tempo d'une rapidité exceptionnelle que l'orchestre peinait à suivre malgré tous les efforts du maestro Serafin dont les petits bras moulinaient l'air au-dessus de ses sourcils arqués de stupéfaction. *Il figlio*, a chanté Maria en me regardant. Cette fois ce n'était pas dans le livret. On a rallongé l'entracte et elle s'est allongée en coulisse sur le premier élément de décor qu'elle trouvait. Voilà comment Homèros est né sur le divan de Violetta Valéry, dite la Traviata. L'entracte a duré un peu plus longtemps que prévu et dans la salle ça a commencé à hurler plus fort qu'Homèros, que je tenais maintenant dans mes bras. On a dit qu'elle faisait un caprice de plus. Un caprice ? Mais elle a fini l'opéra ! Norma fraîchement accouchée est montée au bûcher. Plus tard je lui ai demandé comment elle avait fait, pour chanter, pour accoucher, pour faire l'un et l'autre pratiquement en même temps. Le périnée, elle m'a dit, et je me suis souvenue qu'elle me disait souvent qu'on chante avec son vagin, j'imagine que ça l'a aidée, qu'elle a fait naître Homèros aussi facilement qu'un contre-ut. La physiologie du chant lyrique est une chose plus complexe qu'on ne croit.

Qu'est-ce que je vous disais ? Oui. Au début j'aimais Homèros comme une prolongation de Maria. Il y avait sa voix, son rire, ses mains, ses cuisses, et il y avait Homèros qui s'ajoutait à tout cela. Puis il y a eu ce jour où il est resté avec moi – il était plus grand alors, mais pas si grand. Il s'endormait toujours en écoutant un disque de sa mère et savait déjà mettre le bras de l'électrophone sur le premier sillon du disque sans le faire crisser. Ce jour-là ça ne marchait pas, il était désespéré. L'électrophone était branché mais on avait abaissé l'interrupteur électrique de la pièce, si bien que rien ne se passait quand on voulait faire marcher l'appareil. Cassé, a dit Homèros. Je l'ai pris dans mes bras, l'ai soulevé à la bonne hauteur et, lui montrant l'interrupteur, l'ai dirigé vers le haut : la lumière est venue et le petit voyant rouge sur le devant de l'appareil s'est allumé. Alors j'ai pris sa main et la mettant dans la mienne lui ai fait abaisser le commutateur magique de sorte que tout s'est à nouveau éteint, sauf ses yeux noirs que j'ai vus s'illuminer en un éclair d'intelligence, un diamant pur. Homèros avait compris que la cause engendrait une conséquence, et que j'aie pu le lui expliquer au lieu de mépriser sa naïveté faisait fondre de reconnaissance son petit cerveau bien bâti.

C'est depuis ce jour qu'Homèros et moi avons aimé raisonner ensemble. Et ce garçon qui avait entendu tous les jours, dans ses premières années, le chant de la plus grande cantatrice de tous les temps recevait comme une extraordinaire gourmandise cette sommaire initiation aux lois de la logique. Il devrait peut-être commencer à lire la musique, disait Maria. Je disais qu'il n'avait pas le temps, que nous en étions à Pythagore et Archimède. Très bien, disait Maria. Elle n'aurait pas aimé, je crois, que son fils soit chanteur. À Skorpios, pendant que Maria feuilletait *Vogue* ou découpait soigneusement quelques articles dans le *Reader's Digest*, pour les lire plus tard, c'est-à-dire jamais, nous avons étudié tous les livres que je possédais, puis, une fois les livres épuisés, nous avons épluché les livrets d'opéra qui traînaient là. Ce n'est pas très logique, une intrigue d'opéra. Et pourquoi Azucena brûle son fils si elle l'aime, demandait Homèros. Eh bien, je lui répondais, parce que ce n'est pas vraiment son enfant qu'elle veut brûler, mais le fils de son pire ennemi, le vieux comte de Luna, sauf qu'elle se trompe. Pourquoi elle se trompe, demandait Homèros. Elle est myope, disait Maria qui passait par là. Je lui jetais un regard noir et je continuais. Elle n'est pas myope. Sans doute qu'il fait très noir, mais ce qui importe surtout c'est qu'elle élève ensuite comme son fils Manrico, le bébé qu'elle voulait brûler, et que le fils de son ennemi, le jeune comte de Luna, va finir par le tuer, cet enfant qui est devenu son rival, car ils aiment tous deux Leonora, mais comme Azucena a caché que Manrico était le fils du vieux comte, eh bien… Le jeune comte tue son propre frère, disait Homèros. Tu as tout compris… Mais, ajoutait-il, Maman aussi est myope. C'est vrai mais Maman ne chante pas le rôle d'Azucena. C'est un rôle de mezzo-soprano. Arrête avec *Le Trouvère*, il va encore faire des cauchemars, nous interrompait Maria. Et le prenant en riant dans ses bras, elle le soulevait très haut et ils couraient se baigner, me sauvant de mon ignorance : je n'ai jamais compris comment Azucena avait pu être distraite au point de brûler son propre fils. J'entendais depuis la terrasse leurs clameurs plonger dans la mer. Ils nageaient en jouant à « crier en italien », comme il disait, si bien que Maria a très bien réussi, en fin de compte, à apprendre à son fils la musique et le chant… Puis il revenait et me demandait pourquoi dans *La Force du destin*… Si vous saviez comme il était beau quand il réfléchissait. Regardez, j'ai une photo, la seule que j'aie pu garder. Vous avez vu ses boucles noires ? Prêt pour jouer le fils de Médée ! Oui, c'était à Skorpios, dans l'île d'Onassis. Et c'est même Onassis, si vous voulez savoir, qui a suggéré de l'appeler Homèros. Onassis se prenait pour Ulysse, il avait toujours eu envie de se trouver un Homère, dont il espérait naïvement qu'il transformerait en épopée l'expansion de sa flotte de pétroliers. Mais puisque je vous dis que ce n'était pas le père, Onassis. Ah ça oui j'en suis sûre et pour une raison simple : Maria Callas et Onassis n'ont jamais fait l'amour. Jamais. Entre eux, c'était une tout autre affaire.

Lorsque les choses se sont précipitées et que la disparition de Maria Callas a commencé à sembler inévitable, Homèros avait dix-sept ans et suivait à Columbia University des études de lettres et de mathématiques. Il n'avait demandé qu'une seule fois qui était son père et je lui avais répondu que dans les opéras de Verdi tout n'est pas clair, même à la fin. Je n'osais pas lui dire que lorsqu'on est le fils de Callas on n'a pas besoin d'un père. J'aurais peut-être dû et je ne sais pas quel reste de conformisme m'a retenue. Nous avions estimé, en tout cas, qu'un peu d'éloignement ne lui ferait pas de mal. Je ne sais pas ce qu'il est devenu dans le tourbillon des événements de l'époque. Parfois je me dis qu'il est peut-être dans une boîte de nuit de maintenant à faire crisser les disques noirs de l'époque de sa naissance. Ce petit aimait tellement les disques de sa mère. Comment dit-on déjà ? Sampler… C'est ça. Peut-être que DJ Homer sample les disques de Callas. Je n'en sais rien. Je ne sais rien. J'en suis à regarder cet acte de naissance dont je sais bien, pourtant, qu'il est faux pour me persuader que je n'ai pas inventé toute cette histoire. N'essayez pas de me consoler. Les gens disparaissent. C'est ainsi. S'il n'y avait pas le souvenir de ses grands yeux noirs brillants et ronds comme la lune de Norma dans le décor de Visconti, je penserais que nous avons rêvé, qu'Homèros, fils de Callas, n'a jamais existé.

Faire l'amour avec Callas

Bien sûr que j'ai fait l'amour avec Maria Callas ! Que de détours pour me poser une question aussi simple. Vous savez, dans le milieu de l'opéra on parle simplement des choses du corps. Un rot ou un pet c'est vite arrivé quand on chante. Et comme j'étais médecin, moi aussi j'en ai vu d'autres. Je ne vous ai pas dit que j'étais médecin ? J'avais fini mes études quand nous sommes parties en Italie et je n'ai jamais cessé de travailler où que nous nous trouvions. Mon père me l'avait dit et il avait raison : un médecin trouve toujours à s'employer. Je n'aurais pas pensé, alors, que cela nous serait si utile.

Je ne vous dis pas que la première fois je n'étais pas un peu impressionnée. Pourtant c'est peu dire que je la connaissais, Maria. Mais nous avons fait l'amour assez tard, comme une évidence que nous avions négligée par une sorte de distraction – Maria travaillait beaucoup en Grèce ; et quand elle est revenue à New York, je préparais mon internat. Sans nous l'être jamais dit, nous avions l'assurance que nous passerions ensemble le reste de notre existence et saurions bien trouver l'occasion propice quand elle se présenterait. En attendant nous faisions nos gammes de corps, elle en chantant et en lisant chaque jour une nouvelle partition, puis en la relisant, moi en contemplant à y perdre les yeux, pourtant j'y vois encore très bien, des planches d'anatomie et parfois le corps d'Irina. Bien qu'elle eût un prénom grec, Irina était la sœur de Miroslav, notre ami russe qui aimait les comédies musicales soviétiques. Leurs parents étaient nos voisins du dessus à Brooklyn (les Callas étaient juste en dessous). À la fin des années quarante, Irina et moi étions les seules femmes à étudier la médecine au Columbia University College of Physicians and Surgeons, ce qui nous a rapprochées sur un plan anatomique. Je ne sais pas ce que Maria a fait à l'époque, à Athènes ou à New York. Elle a beau avoir déclaré et déclaré encore que son corps trop abondant, du moins à ses propres yeux, l'éloignait alors de toute romance – comprendre qu'elle ne faisait pas l'amour – je me souviens de ce jour où, la croisant dans le hall de notre immeuble à Brooklyn, j'avais remarqué en l'embrassant pour la saluer que ses lèvres étaient particulièrement douces, puis, comme nous nous attardions pour parler, que ses yeux avaient pris le noir doux que je devais revoir plus tard quand nous nous embrasserions, après le concert de Vérone.

Car la première fois que j'ai fait l'amour avec Maria Callas, elle venait de remporter son premier vrai succès dans *Gioconda*, et regardant depuis la coulisse la salle qui la regardait, j'avais vu cet étrange moment où vingt mille personnes tombent toutes amoureuses du corps qui lance cette voix. Hommes, femmes, grand-mères, adolescents, vieux types dégarnis et play-boys à Ferrari, femmes prudes et femmes faciles, hommes amoureux des garçons, curés, notables endiamantés du premier rang et prolétaires tout en haut, là où on ne paie pas, voleurs de tous les pays se rendant à Napoli et bonnes sœurs prétendument en route vers le Vatican ne pouvaient s'empêcher d'ouvrir la bouche comme s'ils allaient tous jouir en même temps que le contre-ut. Plus tard, quand nous avons semé Meneghini qu'elle venait de rencontrer et qui était déjà insistant, j'ai eu l'impression en posant ma main sur son ventre que je caressais ce contre-ut, que j'allais peut-être, qui sait, participer à sa naissance, qu'une note sous mes caresses allait venir, inédite, et que j'en serais l'auteur·e. Je vous le dis avec de belles phrases mais je n'étais pas très originale, je le crains. Je me demandais, comme tout le monde, si une chanteuse lyrique jouit d'une manière particulière. Ne haussez pas les sourcils, jeune homme, c'est très commun, tout le monde se le demande, sauf peut-être les sourds, et encore… ils sentent, dit-on, les vibrations.

Qu'est-ce qui vous choque ? Qu'une femme aussi vieille que moi ait pu faire l'amour ? Si vous saviez… Ou bien est-ce l'idée de Callas faisant l'amour ?

J'exagère peut-être. Après tout je ne sais pas si tout le monde fantasme sur les orgasmes lyriques, appelons les choses par leur nom. J'avais en tout cas, et je n'en suis pas très fière, cette idée en tête. Si Maria n'avait pas chanté aussi bien ce soir-là, peut-être n'aurais-je pas pris l'initiative de l'embrasser dans un recoin sombre de la piazza Bra où nous jouions à cache-cache avec Meneghini.

En l'embrassant, j'ai senti que je cédais aussi à un autre désir, que je voulais entrer de tout mon corps dans la bouche ouverte qui laisse passer le son, y mettre la main, le bras, explorer, petit lutin aspiré, le mécanisme caché qui produit ce son-là. L'embrassant, ma langue fouillait, s'enfonçait à la recherche du secret, tu veux m'étouffer, disait Callas en riant. Mais non : je voulais me faire avaler et l'avaler en même temps, que nos bouches s'engloutissent. Ou bien toucher sa langue de la mienne, en sentir la douceur nerveuse, y goûter les voyelles brillantes, les voler, les lui redonner.

Ce soir-là, je ne valais pas beaucoup mieux que tous ceux qui entendant Callas dans un théâtre lui ont abandonné leurs corps. Sauf que j'étais dans son lit et que l'amour avec Callas ça n'avait rien d'un récital en chambre. Car j'ai vu beaucoup plus que je n'ai entendu. Et plus tard, chaque fois que je me suis rapprochée de Maria, à Skorpios ou sur le *Christina*, quand il faisait très chaud à l'heure de la sieste, ou à Paris dans le salon de l'avenue Georges Mandel, c'est mes yeux plus que mes oreilles qui guidaient ma main autour de son clitoris. C'est un mot grec. Vous saviez ? Maria le prononçait en mettant l'accent sur la première syllabe. Et moi aussi, la regardant. Je fixais les mouvements de mon poignet sur son expression timide, le vide qui envahissait ses yeux, et les rides légèrement creusées qui descendaient des arrêtes du nez. Le plaisir, comme il montait, lui donnait une beauté amère et ses sourcils, qu'elle inclinait d'un demi-ton, froissant son front comme une soie, lui faisaient l'expression farouchement inquiète d'une femme qui jouit, ou qui chante.

C'est pour revoir ce visage que j'espérais toujours refaire l'amour avec Maria. Et que, jusqu'au jour où cela n'a plus eu de sens, j'ai tout fait pour que nous recommencions. Ce n'était pas la seule raison. Vous connaissez ce poète français, Baudelaire ? Je l'ai lu plus tard, à Paris. Il a écrit de belles choses pour les mélodistes français et un poème sur la musique qui dit : « La musique souvent me prend comme une mer ! » Le reste du poème est raté, mais ce vers est réussi, je trouve. Maria prenait la note comme une mer. Et c'est comme ça, aussi, qu'elle me prenait. J'ai eu d'autres amantes et même des amants, je vous raconterai, si vous voulez. Mais personne, personne jamais, ne m'a fait l'amour avec la force de Maria, non pas la force, ce n'était pas de la force, c'était de la puissance. Je te baise, elle me disait en grec, la main au plus profond, et ce n'était pas une parole vulgaire, c'était juste une description fidèle de ce qui était en train de se passer : Maria Callas me baisait.

Le reste… Écoutez-la, regardez-la dans *Tosca*, au troisième acte… Ça vous donnera une petite idée.

Ne rougissez pas, voyons.

Elsa la Bronchite

Quand je pense qu'il a fallu laisser entendre qu'elle avait eu son premier orgasme avec Onassis. Si je n'avais pas peur de faire une fausse voie – à mon âge, c'est courant – je m'offrirais le luxe d'un fou rire. Je crois qu'il va falloir vous expliquer depuis le début ce qui s'est vraiment passé avec Ari.

Réglons un premier point : Maria n'a jamais fait l'amour avec aucun homme et n'en a jamais éprouvé le désir. Pourquoi croyez-vous qu'elle a épousé *il marito*, ce pauvre Battista « Tita » Meneghini ? Tita… Même une voiture, on n'oserait pas l'appeler Tita. Il avait des relations, oui. En Italie, si vous ne connaissez pas le pape, n'espérez pas travailler dans une grande maison d'opéra. Et si vous ne travaillez pas en Italie, n'espérez pas chanter en quelque autre endroit du monde. C'est ce que l'on disait à l'époque et comme Maria le croyait fermement, j'y croyais aussi. Par une heureuse coïncidence, on m'a offert à la même époque un poste de chirurgienne à l'ospedale Maggiore de Milan. L'Italie aime le bel canto et les femmes chirurgiennes. Dorotea Bocchi, ça vous dit quelque chose ? Première femme médecin à Bologne, quatorzième siècle, injustement oubliée, tout comme moi, alors que je suis sans doute la première et vraisemblablement la seule praticienne à avoir proposé, avec d'excellents résultats sur les suites post-opératoires, un récital de chant lyrique en salle de réveil – Maria aimait se sentir utile, comme elle disait. Mais comme l'hôpital n'est pas le chemin le plus direct pour la Scala et qu'on ne peut pas faire carrière dans le vestibule d'une salle d'opération, il a bien fallu en passer par Tita.

Il marito avait une autre qualité : il était vieux et moins susceptible, du moins l'espérions-nous, d'accabler Maria avec les preuves de ce qu'il nommait sa virilité. Nous étions terriblement jeunes et naïves ; nous avions mal mesuré l'ardeur insistante des vieux garçons italiens. Pas question de s'en sortir avec un baiser sur la joue. Nous avons dû nous dépêcher de trouver l'antidote : tsípouro. Vous connaissez ? C'est une sorte de grappa, une eau-de-vie que l'on fait en Grèce. Parfumé à l'anis, c'est de l'ouzo. Nature, c'est délicieux et surtout efficace. Après deux ou trois verres, *il marito* s'endormait profondément. La nuit était à nous. Il ne restait plus qu'à se réveiller avant lui et à revêtir le déshabillé vaporeux que toute bonne épouse se doit de posséder en plusieurs exemplaires dans sa garde-robe. Alors cheveux défaits comme pour une scène de folie mais en plus apprivoisé, Maria entrait dans la chambre portant sur un plateau d'argent un petit déjeuner roboratif et accueillait l'éveil de Meneghini en battant des yeux, façon Mrs. Butterfly au premier acte. Pudique mais lascive, elle laissait deviner le bonheur que lui avaient donné les assauts du bel endormi – merveilleux, c'était merveilleux, chaque fois plus merveilleux. Qu'il mange, son adoré, il aurait besoin de forces pour la prochaine fois. Qu'il engraisse, et la prochaine fois il s'endormirait plus vite. Si vous avez le temps, relisez ses lettres à Tita : elle ne cesse de lui dire de bien manger. À présent vous savez pourquoi.

Grâce à elle, en tout cas, *il marito* a pu se croire le sexagénaire le plus vert de toute l'Italie. Il aurait été immoral de refuser ce plaisir à un homme vieillissant. Ajoutez à cela des vapeurs quand ils devaient se séparer, c'est-à-dire, Dieu merci, assez souvent, et de belles lettres d'amour – *gioia mia*, ma joie, *amore*, *carissimo* – dont il a pu se vanter jusqu'à sa mort, ce qui ne l'a pas empêché de les monnayer, et le tour était joué. Maria était une excellente comédienne mais *il marito*, comme souvent les gens qui aiment l'opéra, était aussi très bon public. Quand on croit, au point de frémir, de crier, de pleurer, de protester, que Médée tue ses enfants, que Gioconda se sacrifie pour sa rivale ou que Tosca se jette dans le vide par amour, on peut croire n'importe quoi. Je ne dis pas qu'à un certain point Maria n'y ait pas cru elle-même, comme à tous ses autres rôles. Regardez cette lettre : « Je veux t'adorer, être à tes côtés, te caresser, te réconforter, te faire rire de mes bêtises, avoir notre maison en ordre pour te recevoir, mon amour, mon homme. » Je n'ai jamais trouvé le manuel de l'épouse parfaite où elle avait recopié cette phrase. Aussi bien c'est elle qui l'a écrite toute seule.

Avec des femmes ? Vous voulez dire à part moi ? Ne me dites pas que vous pensez à Elsa Maxwell. Vous ne connaissez pas Elsa Maxwell ? Vous êtes bien le seul ! Tout le monde connaît Elsa Maxwell et Elsa Maxwell connaît tout le monde. Ou connaissait. La Maxwell avait des yeux trop petits pour son visage et un visage trop menu pour ses seins, eux-mêmes tellement énormes qu'ils en effaçaient son ventre, le tout agrémenté de la voix éraillée d'une meneuse de revue sur le retour. C'était tellement raté que ça en devenait captivant. Elle faisait des fêtes dans le monde entier, tissait une toile compliquée de relations entre les gens que l'on prend en photo dans les magazines de papier glacé, et vivait assez bien de ses talents d'araignée mondaine. Elle me faisait rire.

Avec nous elle a vite pleuré. Elle a fait une erreur de débutante. Elle a enfreint la première règle de l'art lyrique : on n'importune pas une artiste avec l'amour que sa voix lève en vous. On se tait et on retourne à l'opéra car en dehors du cercle que trace la voix, il n'y a rien. C'est peu dire qu'Elsa est sortie du cercle. Où que nous nous trouvions, chez Maxim's pour la presse ou à Milan en train de manger une pizza dans la rue, sur le *Christina* à l'abri des regards sauf du sien, à Mexico, Buenos Aires, New York, Chicago, Londres, Tokyo, aussi loin que menait la tournée, nous savions, à une certaine époque, qu'elle allait surgir d'un recoin, armée d'un bouquet plus haut qu'elle, et commencer à faire retentir en chevrotant l'impression que lui faisaient la voix, le corps, l'âme de Maria Callas. Nous nous en amusions. Jusqu'à ce soir de Rome où nous avons beaucoup moins ri. Quelle histoire… Maria avait un petit rhume, et son *Casta Diva* avait été un peu retenu. Comme d'habitude personne ne s'en était aperçu et comme souvent à la Scala la moitié de la salle avait néanmoins hué, les uns par snobisme, les autres par métier. Je vais faire une inhalation, me dit Maria, à l'entracte. Je retourne dans la salle. Une belle salle. Il y avait le président de la République italienne, un brave homme qui aimait l'opéra et n'embêtait personne avec ça. J'ai soupiré d'aise. Soupiré de nouveau. Salué deux personnes. Assuré Tita de l'amour indéfectible de Maria – j'étais sa meilleure amie, et il plaçait en moi toute sa confiance. Enfin je me suis dit qu'une inhalation ne durait pas quarante minutes. Le temps que je retourne à la loge, il était trop tard. Plantée sur ses petites jambes robustes d'ancienne danseuse de cabaret, la Maxwell avait pleuré, pleuré, pleuré toutes les larmes de son corps assez large pour obstruer la porte de la loge. Et pendant qu'elle pleurait Maria se tordait les mains, empêchée de sortir malgré les appels de plus en plus pressants du régisseur dans le haut-parleur crachotant. Il est arrivé en même temps que moi. Nous n'avons pu que constater les dégâts. En s'ouvrant (superficiellement) les veines, Elsa avait répandu son sang écarlate de Texane sur la toge blanche de Norma, dont les joues portaient également quelques traces de griffures. On a dit ensuite que la Scala n'avait pas prévu de doublure pour remplacer Maria – bien sûr que si, mais ce qu'elle n'avait pas prévu, c'est une toge de rechange... On a dû annuler. Prétexter un rhume qui s'était transformé en mauvaise bronchite. Cabale, gros titres dans les journaux, scandale national et tout le reste... Depuis ce jour on l'a appelée Elsa la Bronchite.

Et jalouse avec ça, la Bronchite. Non pas de moi, elle m'avait à la bonne. Et puis Maria et moi étions discrètes. Mais des autres amantes, oui, et il y en a eu un certain nombre. Marlene Dietrich évidemment, dont le parfum et les cigarettes embaumaient les chambres d'hôtel où elles passaient la nuit à New York, puis plus tard à Paris. C'est Marlene qui a donné à Maria ce léger accent berlinois quand elle parlait allemand. Elle n'a jamais pu s'en défaire totalement et on a jugé préférable qu'elle enregistre Wagner en italien. C'est dommage, à mon sens, car j'aimerais à présent pouvoir encore écouter la voix de Marlene Dietrich envahir celle de Callas, curieux mélange de cabaret rugueux et de bel canto, comme lorsqu'elles chantaient ensemble, certains soirs, après avoir fait l'amour. Greta Garbo, aussi. J'en suis sûre parce que je suis restée avec elles ce soir-là. Une de mes plus belles nuits d'amour, Callas et Garbo, plus géantes l'une que l'autre, dans un lit de Stockholm aux draps de soie rouge – un peu cliché, je vous l'accorde, mais je vous assure que certains clichés sont délicieux quand on les vit.

Et puis la plus belle rencontre, la plus secrète aussi… La belle Julie. Julie Andrews. *Mary Poppins*, oui, mais c'était bien avant. Et *Victor, Victoria* c'était après la disparition de Callas. La première fois que Maria l'a vue c'était au théâtre, à Broadway, dans *My Fair Lady*. La deuxième fois c'était dans un miroir que Maria a soudainement fixé, au Plaza Athénée, à New York, regardant la silhouette rousse de Julie avancer souplement vers le bar où elle se trouvait. Quand elle n'a plus été qu'à quelques tables, on a entendu s'élever *I could have danced all night*, un des airs à succès de *My Fair Lady* qui traînait, à l'époque, dans toutes les oreilles. C'était Maria Callas qui chantait. Elle ne s'était pas retournée et chantait vers le miroir pour l'image de Julie Andrews qui voyait la nuque vibrante de Callas se refléter sur le sol en damier du Plaza. Alors, interprétées par celle qui serait un jour Mary Poppins, sont venues à bouche fermée d'abord, puis à pleine voix, les premières phrases du *Vissi d'arte* de Tosca.

Je n'ai pas assisté à la scène, mais d'après Marlene Dietrich qui était là avec Maria, la musique a pris un tour si intime que ces deux femmes plutôt en vue ont réussi, pour la première et sans doute la seule fois de leur carrière, à vider une salle, tous ceux qui étaient là se sentant brutalement de trop et demandant hâtivement l'addition pour les laisser seules. Marlene aussi est partie, les abandonnant à leur petit jeu d'écho que je peux seulement imaginer – ton enfance d'enfant prodige, mon enfance de chanteuse miraculeuse, tes cheveux roux, mes yeux noirs, mes quatre octaves, tes trois octaves, oui mais toi c'est en voix de poitrine, qu'importe à nous deux nous avons sept octaves, viens, on va dans les graves, si on montait sur la terrasse du Plaza, mais comment peux-tu, toi qui sais chanter et danser à la fois, comment peux-tu m'admirer, toi qui sais chanter Mozart, Bellini, Wagner, comment peux-tu me parler, ce que tu fais, ce que tu fais, je ne saurais pas, je ne saurais pas le faire, mais si, montre-moi, et si plutôt nous faisions, tu sais, non, si plutôt nous nous embrassions, oui... Plus tard, à la fin des années cinquante, quand j'ai rencontré Julie, j'ai compris ce qui avait attiré Maria : une sorte de gravité dans le geste, ce regard de tragédienne quand elle disait les paroles scintillantes de la comédie musicale. Vous savez que Bernstein pensait même à leur écrire un opéra ?

Avec Julie Andrews ça s'est mal terminé. C'est à cause de Walt Disney, qui a eu la bêtise de leur proposer à toutes les deux le rôle de Mary Poppins… Oh je sais ce que vous allez me dire : que Julie était mieux placée pour décrocher le rôle, que les studios Disney spéculaient sur la tradition de Broadway et non sur l'héritage du bel canto, qu'aurait-on fait de Maria Callas dans un dessin animé avec effets spéciaux et numéros musicaux où il fallait danser, danser vraiment… Mais vous n'avez pas vu ce que j'ai vu et dont le père Disney avait dû avoir, on ne sait comment, l'intuition : quand elle faisait le clown, il n'y avait pas plus drôle que Maria, sa manière de rouler les yeux, de prendre toutes les voix, de petite fille, de vieux professeur, de chef d'orchestre sur le retour, de poissonnière au marché de Naples, de crieur de journaux à Manhattan – le chant lyrique rend aisé l'art difficile de l'imitation. Callas savait marcher comme Chaplin, en se dandinant, comme Tita, en sautillant, comme Ari, en roulant les hanches, sans oublier son grand numéro : le maestro Serafin dirigeant l'orchestre de la Scala qui, contrefait par Maria, finissait par ressembler à un gros poisson agitant furieusement ses nageoires. Dans un dessin animé, elle aurait été merveilleuse. Surtout un dessin animé où il fallait chanter. Les studios n'ont pas suivi l'idée, finalement… Ils ont fait un choix plus conventionnel et je n'ai jamais pu voir Maria Callas flirter avec un ramoneur sur les toits de Londres. Non que je n'aie pas aimé Julie dans le rôle – elle était parfaite, tout comme Maria l'aurait été. Mais Maria l'a mal pris. Elle manquait d'humour quand il était question de comédie musicale.

Je ne sais pas au juste ce qu'elles se sont dit après l'audition, mais je me souviens très bien du dialogue final, pas exactement un dialogue d'ailleurs, un échange de télégrammes – on en envoyait beaucoup à l'époque.

– La vie n'est pas une comédie musicale. Stop, a écrit Maria Callas à Julie Andrews.

– Ce n'est pas un opéra non plus. Stop, a répondu Julie Andrews à Maria Callas.

Elles ne se sont jamais plus parlé. Vraiment triste.

La seule chose qui m'a consolée c'est qu'Elsa la Bronchite n'ait rien su de l'affaire. Il n'aurait plus manqué que tout Hollywood soit au courant.

Onassiade

Notez qu'Elsa Maxwell a quand même servi à quelque chose. C'est elle qui a décidé de présenter Maria et Ari. On peut dire qu'elle a eu du flair. Du flair commercial, je veux dire.

Jamais contrat n'a été plus fructueux, plus lucratif ni plus avantageux que celui qui lia Aristote Onassis, armateur, et Maria Callas, chanteuse lyrique.

Aristote Onassis était un drôle de type. Je l'appelais cousin Ari, parce qu'il était grec comme nous mais de Smyrne, de l'autre côté de la mer. Il était à la fois laid et beau, ce qui le rendait étrangement attirant, et il détestait l'opéra avec ferveur. Je n'ai jamais vu quelqu'un s'endormir aussi vite, à peine les premières notes de l'ouverture jouées. Tu sais, me disait-il, je dois aimer ça tout de même parce que je dors comme un bébé du début à la fin. Pour donner le change, il essayait de battre du pied en dormant, ce qu'il faisait assez bien. Mais comme ce n'est pas l'usage des salles lyriques de rythmer, il s'attirait les regards réprobateurs de ses voisins en redingote ou robe de soirée. Réveillé par leur hostilité, il rougissait dans son smoking blanc tant il se sentait peu à sa place, à moins que la voix lyrique n'ait suscité en lui une sorte de honte – cela arrive.

De toute façon, son pied ne marquait pas le compte des mesures mais le nombre de ses navires – mon cousin Ari adorait compter et, aussi attentif et souriant qu'il ait pu vous paraître en vous accueillant sur son yacht, il continuait intérieurement à additionner ses bateaux, ses enfants, ses maisons, ses maîtresses, ses marins grecs, ses canots, ses hôtes sur le *Christina* et ses dollars, enfin tout ce qui peut se compter pourvu que cela ne soit pas de la musique lyrique. Et parce qu'il aimait compter, il adorait les épopées qu'il ne lisait pas mais, si je puis dire, mesurait. 27 000 vers, me disait-il, comme nous prenions le frais sur le pont du *Christina*: l'*Iliade* et l'*Odyssée* réunies, ça donne 27 000 vers pour ces types-là, ces Grecs, Achille, Ulysse, Agamemnon et les autres. La première fois, j'acquiesçai poliment sans comprendre où il voulait en venir. Il m'a vite expliqué. Et moi, moi qui suis grec, j'en ai combien de vers? Et sans me laisser le temps de répondre: Zéro. Pas même une demi-ligne. Aristote Onassis voulait une épopée. Très longue, de préférence. Il vient souvent un moment où les gens riches désirent quelque chose qui se compte mais ne s'achète pas et qu'ils s'obstinent pourtant à vouloir se procurer en payant.

Du côté de Maria, l'équation était plus simple. Même si elle ne m'avait pas encore bien expliqué la nature de ce qu'elle appelait « le projet », ou parfois « le plan H », sans me dire à quoi renvoyait cette initiale étrange, j'avais déjà compris qu'elle devrait dans les années à venir moins chanter, ou chanter moins bien, mais dépenser plus d'argent. En attirant l'attention de la presse sur une vie amoureuse extravagante, elle espérait pérenniser son succès, et donc ses revenus, tout en faisant oublier le déclin vocal qu'elle entrevoyait. À la même époque, je me sentais un peu lasse d'aller à l'opéra après de longues journées à l'hôpital et il m'est même arrivé de m'endormir sur l'épaule de mon cousin Ari, lui-même en plein rêve. L'idée que nos aventures pourraient prendre un cours nouveau n'était pas pour me déplaire.

Quand Elsa la Bronchite les a présentés, lors de cette fête à Venise qu'elle avait organisée à dessein, ils se sont rapidement isolés – tout le monde l'a vu, personne n'a compris de quoi ils pouvaient discuter. Quelques mois plus tard, à Londres, ils signaient un contrat dont il n'exista jamais qu'un exemplaire, depuis soigneusement détruit. Pour quelqu'un qui n'aime pas l'opéra, Ari était remarquablement doué pour la mise en scène et s'inventa, avec l'aide de Maria, la plus belle épopée de tout le vingtième siècle : en tête d'affiche, les deux Grecs les plus puissants du monde, comme il aimait à le dire.

On connaît l'histoire : le désir irrépressible du milliardaire sans rival, les scrupules de la Callas, la plus grande chanteuse de tous les temps, qui cède finalement à l'appel de la passion ; leur tour du monde de l'amour, de New York à Paris, de l'infiniment grand, hôtels de marbre et dancings de diamant, à l'infiniment petit, tavernes anonymes où il offre la tournée générale tandis qu'elle danse, enfin heureuse, avec les gens du village (prévoir ici, pour la touche locale, quelques assiettes cassées, ce qui fait toujours grec) ; puis le cadeau suprême : une île qu'il lui offre, Skorpios, refaite de fond en comble – on creuse un port, on plante des espèces rares, on mollifie la roche pour en faire une plage, comme un microcosme parfait pour leur amour à l'échelle de l'univers. Alors elle se perd, sacrifie l'art à l'amour – plus de voix, prix à payer pour connaître enfin le bonheur, sirène aux cordes vocales enrayées ; lui cruel qui la trahit pour une plus puissante encore, la terrible Jackie Kennedy, qu'il épouse laissant Callas éperdue, mais vengée, en fin de compte, quand le fauve malade vient mourir à Paris enveloppé dans le châle rouge qu'elle lui avait offert. Hélas, elle peut à peine le voir, en cachette, on lui interdit l'accès à la chambre du mourant, elle ne s'en remettra pas, splendide abandonnée. Les rôles secondaires sont remarquablement bien distribués : Winston Churchill, invité d'honneur sur le *Christina*, témoin de leur passion naissante – l'Histoire veille sur l'amour ; le patriarche de Constantinople qui les bénit – un peu de spiritualité ne nuit pas ; et pour le contrepoint comique, l'indispensable clown dans le rôle du mari trompé, j'ai nommé Battista Meneghini dont la performance d'acteur doit être d'autant plus saluée que, contrairement à Maria et Ari, il ne savait pas, lui, qu'il jouait un rôle.

Un puriste pourrait dire que l'intrigue tenait plus du roman ou de la tragédie lyrique que de l'épopée au sens strict – il eût été préférable que, pour Maria, Ari engageât sa flotte en une guerre terriblement longue et lointaine contre un puissant ennemi ; que la petite Grèce déclarât enfin la guerre à l'Amérique boursouflée qui lui avait pris ses enfants et que, de batailles navales en batailles navales, les deux Grecs les plus puissants du monde aidés par le vaillant Churchill, encore vert, missent à terre le clan Kennedy avant qu'Onassis, le traître, l'ingrat, ne partît avec l'une de ses filles. Mais Ari n'était pas regardant sur la question des genres littéraires : tant qu'on parlait de lui, héros démesuré amoureux de la diva à la voix insensée, il était satisfait et comptait avec délectation les articles qui paraissaient sur eux. Quant à Maria, elle servait à qui voulait l'entendre de riches variations sur l'air bien connu de Juliette dans le *Roméo et Juliette* de Gounod : *Je veux vivre / Dans ce rêve qui m'enivre ; / Ce jour encore*, sur le *Christina*, sur la mer près de lui, à Skorpios, *Loin de l'hiver morose*, du travail, du théâtre et de tous les sacrifices que l'art, terrible amant, exige : *Laisse-moi sommeiller / Et respirer la rose / Avant de l'effeuiller*, faire l'amour enfin, avoir un corps, un amant, un vrai, avec du poil sur la poitrine. Tout cela plaisait beaucoup, passait très bien et expliquait qu'on la voie moins sur les scènes des théâtres, et pas toujours dans la meilleure des formes.

Je ne détestais pas tenir mon rôle dans la superproduction de cousin Ari qui ne m'avait pas oubliée en combinant son Onassiade : pourquoi croyez-vous qu'il y avait une salle d'opération à bord du *Christina* ? Telle que vous me voyez, j'ai largement contribué à l'ablation de la prostate de ce pauvre Churchill. Il était assez douillet mais bien sympathique.

On ne monte pas une épopée en claquant des doigts. Le plus compliqué, au début, a été de concevoir quels héros de la mythologie, grecque évidemment, Onassis et Maria devaient prendre pour modèles. Depuis longtemps, Ari voulait être Ulysse, à cause de sa flotte je suppose, ou parce qu'à Smyrne, quand on était grec, on grandissait avec la certitude d'être toute sa vie l'étranger de quelqu'un, autant dire personne. Il voulait être Ulysse avec une obstination qui forçait le respect et, quand Maria a fait affaire avec lui, il possédait déjà Ithaque, ou du moins avait nommé Ithaque la plus belle cabine du *Christina*, car la réelle Ithaque était surtout son plus bel échec commercial. Il nous faisait beaucoup rire quand il expliquait avec sérieux et d'un air dépité que les habitants d'Ithaque n'avaient jamais voulu déménager dans une autre île en échange des quelques milliers de dollars (par personne, précisait Ari, ulcéré) qu'il leur offrait pour laisser le champ libre à Ulysse-Onassis *himself.* Ces gens d'Ithaque n'aiment pas voyager, il grommelait, aucun sens du business.

Aristote serait donc Ulysse, c'était entendu. Mais Maria ? Médée, ai-je suggéré distraitement, à l'heure de la sieste sur le pont avant du *Christina*. Ulysse et Médée, je trouvais que cela pouvait faire une intrigue intéressante : la mort de Télémaque tué par Médée qu'Ulysse abandonne pour Circé, sa propre tante, on pouvait arranger un bel opéra avec ça, non ? Ari et Maria m'ont regardée d'un air indigné. Ils avaient en commun un certain conservatisme, dès qu'il était question de la Grèce. Pénélope, alors ? Trop statique, a dit Maria. Je ne vais pas passer ma vie à Ithaque. Une sirène, c'était trop attendu ; Circé faisait trop de magie et un peu peur à Ari ; Calypso manquait de notoriété internationale. Mais qui alors ? Ulysse… Je suis Ulysse, a dit Maria. Si Homèros avait déjà été né, il nous aurait expliqué avec méthode ce que Maria Callas voulait dire, mais elle s'en sortit très bien : toujours sur les routes pour chanter en des escales inconnues et explorer des théâtres remplis de monstres, qu'on les nomme ténors irascibles, chefs ombrageux, directeurs de grandes maisons ou autres impresarios véreux ; jamais sûre de bien connaître le chemin ni même le nom de sa patrie (la Grèce, l'Amérique, l'Italie ?), et regardez Rudolf Bing – c'était le nom du directeur du Metropolitan Opera auquel Maria avait eu affaire –, vous ne trouvez pas que, s'il n'avait qu'un œil, cela serait un Cyclope tout craché ? Et puis qu'est-ce qu'une sirène sinon ce qu'Ulysse entend de sa propre voix, réfléchie par le bruit de la mer qui applaudit comme une salle de théâtre ? Chaque fois que par la suite j'ai vu Maria écouter sa voix enregistrée sur un disque, je n'ai pas pu m'empêcher de penser à Ulysse amoureux de sa voix de sirène gravée sur l'œil d'un cyclope.

L'*Onassiade* racontait l'histoire d'Ulysse-Callas et d'Ulysse-Onassis, Ulysse et Ulysse se poursuivant à travers monde, ne cessant de se croiser, prenant pour point d'ancrage des Ithaques éphémères et changeantes, certains de ne se rencontrer que par le plus grand des hasards, tu es à Paris, je suis à New York, tu es à Milan, je m'en vais à Athènes, viendras-tu à Épidaure, oui bien sûr mais avarie à bord, retrouvons-nous chez Maxim's alors, désolée une sirène, une autre fois peut-être, je repars naviguer, attends je viens, pourquoi n'est-il pas à bord ? Il a à faire à Washington, à Washington ? Oui avec les Kennedy. Les Kennedy mais ils n'ont pas d'île, ce n'est pas dans le contrat, tant pis je pars en Californie, qu'il aille m'attendre à Skorpios, va pour Skorpios, mais que fait-elle à Londres ? Un concert ? Londres ce n'est pas une île, Manhattan je ne dis pas. Elle ne veut pas aller à Manhattan ?

Ari et Maria, Ulysses du monde entier enfin dotés des moyens de transports dignes d'une errance épique, bateaux, canots, avions, trains rapides et transatlantiques, voitures puissantes avec chauffeurs sur la piste d'atterrissage. Il ne manquait plus que des attaques de pirates, Maria Callas enlevée, vendue en esclavage, ou Aristote pris en otage, et Maria splendide, abordant le vaisseau ennemi depuis le *Christina* pour le sauver des Turcs, digne fille de Laskarína Bouboulína, l'héroïne nationale chère à nos cœurs de Grecs, je m'égare, excusez-moi, c'est l'effet que me fait la mer Méditerranée.

Toujours en mouvement, ils ne pouvaient se rencontrer que dans une Ithaque flottante, où se trouvait une cabine elle-même nommée Ithaque, île mouvante sur île à la dérive, on ne pourra pas dire que nous n'avions pas travaillé les détails. Le *Christina* était le lieu idéal pour abriter les amours imaginaires des deux Grecs les plus épiques de tout le vingtième siècle.

Naturellement, ruse d'Ulysses, on servait à la presse ébahie une tout autre intrigue. Ariane-Callas abandonnée sur son rocher, digne dans sa fureur, cruel Ari-Thésée un peu volage sur les bords. Noir destin, deux Grecs, vous pensez. S'entredévorent le don Juan des mers du Sud et la chanteuse au cœur d'or irrémédiablement brisé, j'ai tout perdu, mon âme et mon talent – ici placer une aria. Dans le rôle de la rivale, Jackie Kennedy, sorcière sur les bords, mezzo-soprano, comme toutes les rivales et toutes les sorcières. Une bonne actrice, Jackie – elle pouvait l'être vu le salaire qu'elle a demandé. Vaincue par plus jeune qu'elle, Maria faisait la Gioconda de Ponchielli, la chanteuse des rues abandonnée par son marin d'amant, Enzo, c'est son nom. Sacrifiée, chantant *Suicidio* à la mode des années soixante, drogues diverses, tranquillisants, est-ce que vous ne croyez pas, me demandait-on quand on me croisait, qu'elle est en train de mourir, de se suicider pour lui, oh si, sûrement, je disais, avis médical, ça compte, on me croyait et, en attendant, avec l'argent d'Ari nous achetions d'autres drogues, bien plus utiles, celles-là.

Ils firent beaucoup d'écume à naviguer autour du monde et à s'échouer sur les pages brillantes des journaux qui payaient pour obtenir le moindre entretien et la moindre photo, Aristote faisant le beau avec sa soprano, aimée, trahie, retrouvée – peut-être qu'à un certain point il y a cru, plus que Maria en tout cas. Quand il est venu mourir à Paris, je me suis demandé s'il n'était pas venu la supplier de faire, le temps de son agonie, le rôle de Pénélope. Ou bien, sentant venir le moment où il faudrait recueillir les applaudissements, il n'a pas voulu venir seul au salut.

Vraiment ? Vous y avez cru, vous aussi, à l'amour d'Ari et de Maria ? C'est normal. C'était bien fait. Ari n'aimait pas l'opéra mais, de tous les ténors avec lesquels Callas a collaboré, c'était le meilleur.

Regardez cette photo : c'est au Lido, à Paris, une fête ; il s'est bandé les yeux avec son mouchoir, fait mine de faire le clown, la bouche sourit, légèrement ironique, bal masqué pour cantatrice sirène ; elle à côté, robe jaune en *ré* majeur, fait semblant de rire et d'être un peu gênée tout à la fois, le front délicatement posé sur son annulaire, doigt du mariage – mon amant tu en fais trop, je ne veux pas, mais je veux, cesse, continue, tu es drôle, tu le sais, moi aussi, mais que dira-t-on, j'ai honte, c'est délicieux, encore un peu.

Ce n'est pas du grand spectacle, ça ?

On the road (Non toccarmi, demonio)

Mais non ! Churchill n'était pas le père de l'enfant ! C'est que vous êtes un vrai faiseur de romans. Aller imaginer que pendant l'opération de la prostate j'aurais… Churchill… Voyons… Pourquoi pas sa perruche, tant que vous y êtes. Ni Churchill, ni Onassis dont l'argent, et non les gênes, nous intéressait.

Nous avions besoin d'argent – c'est certain et je vais devoir finir par vous expliquer pourquoi.

Soyez patient. À moi non plus, Maria n'en a pas parlé tout de suite. Pour tout vous dire, le final, dans cette histoire-là, ce n'est pas tout à fait ce que je préfère, bien que je n'aie rien fait pour m'y opposer, par une sorte de soumission à… Appelez ça le destin si vous voulez. Après tout, je suis grecque moi aussi. Tout à l'heure je lirai votre avenir dans le marc de votre café. À partir d'un certain âge, l'avenir des autres, c'est la seule perspective qui reste. Ça, et les souvenirs qui se mêlent à vos journées. Chaque fois que je sors me promener dans les alentours de l'avenue Georges Mandel, je tombe sur ce policier français qui se prend très au sérieux et tient absolument à m'aider à traverser la rue. Je le laisse faire car je sens bien qu'il est désœuvré. Ce quartier est désespérément sûr et sans histoire. Vous êtes un vrai shérif, je lui dis en forçant mon accent américain, et il se rengorge dans son uniforme d'agent de la circulation, me dit de faire attention, se raconte des films, me les raconte, que le quartier n'est pas aussi sûr qu'on le dit, que l'autre jour, enfin il y a quelques années, mais tout de même, une autre dame âgée s'est fait voler son sac, et pendant qu'il me parle je projette sur les avenues désertes un film autrement plus passionnant, avec un vrai shérif. Je vais vous raconter.

L'affaire en soi n'a rien d'extraordinaire. Quand nous sommes reparties à New York, après la guerre que nous avions passée en Grèce, j'ai continué mes études de médecine et Maria a attendu que l'on veuille bien reconnaître son génie, ou son labeur, enfin qu'on la fasse travailler. Mes progrès en pharmacovigilance et en sémiologie médicale étaient plus rapides et réguliers que sa marche sur le long chemin qui devait la mener à la gloire. Ça ne marchait pas trop bien. Les auditions étaient rares. Souvent cruelles. Toujours décevantes. Les lettres furieuses de sa mère, les regards tristes de son père et les paroles trop compatissantes de son parrain, le docteur, quand il nous croisait au Saint Luke's Hospital où Maria venait me voir, n'arrangeaient pas les choses.

La suite est presque banale. Maria a rencontré un faux agent qui était un vrai escroc. Elle a signé n'importe quoi. Nous sommes parties en Italie et, plus tard, quand elle a commencé à recevoir des cachets dignes de ce nom, le type a fait un procès pour toucher sa part du gâteau, la poursuivant de ses assignations avec plus d'assiduité que le plus fanatique des lyricomanes. Il faut vous dire qu'aux États-Unis une assignation ne vaut que si elle a été remise en main propre, ou plus précisément si le shérif chargé de la remettre vous a touché physiquement – c'est étrange, mais c'est ainsi.

Une fois, à l'opéra d'Atlanta, dans *Tosca*, à l'acte I, Maria, s'est mise à chanter *Non toccarmi, demonio; t'odio, t'odio, abbietto, vile,* ce qui était bien sa réplique, à cela près qu'elle la chante à l'acte III et que c'est à Scarpia, l'infâme chef de la police, qu'elle est censée dire « Ne me touche pas, démon, je te hais, bête immonde », et non pas à Mario qu'elle aime et qui partage cette scène avec elle… Ce n'est pas à Mario, toutefois, qu'elle s'adressait en chantant, mais à l'infâme chef de la police d'Atlanta qui avait osé, l'animal, pénétrer sur scène dans le costume de Mario emprunté au pauvre Carlo Bergonzi, que l'on retenait provisoirement à la prison du comté. Il a fallu annuler un peu précipitamment et s'en aller au même rythme.

Une autre fois, à Portland, alors que l'on était parvenu sans entrave au début de l'acte II d'*Il pirata*, je me suis demandé quelle mouche piquait Imogene, c'est le nom de l'héroïne, quand je l'ai vue escalader avec ardeur le mât du navire échoué que le décorateur avait cru bon d'installer sur la scène, poussant le réalisme jusqu'à y faire figurer une solide échelle de corde. En vain tu fuis ma colère, disait en italien Ernesto, le méchant mari, à Gualtiero, c'est le pirate, l'amant d'Imogene. C'est inutile, Mrs. Maria Sophia Cecilia Kalogeropoulos-Meneghini – c'est le vrai nom de Maria Callas –, disait en américain le chef de la police de Portland à Imogene, perchée en haut de son mât. Ô ciel, disait non sans opportunité Imogene en fixant les cintres. Il ne partira pas sans t'avoir vue, disait Adèle, sa suivante. Finalement ce shérif-là, qui n'avait pas le pied marin, renonça peu avant la scène finale, qui fut d'autant plus applaudie que Callas, se trouvant bien là où elle était, vocalisa depuis sa nacelle de vigie.

Mais à Chicago les shérifs sont d'élite et ils ne ratèrent pas leur coup. Ils étaient venus à six sous le commandement du Marshal Stanley Pringle qui ne se compliqua pas la vie : il attendit dans les coulisses avec les chasseurs d'autographes les plus empressés ou les mieux renseignés et posa sa grosse patte sur le kimono de Mrs. Butterfly. Il s'ensuivit une légère panique. Il faut partir, criait Tita Meneghini à qui voulait l'entendre, peu de monde à vrai dire, car il s'obstinait à s'exprimer en italien. Il parvint enfin à faire venir un taxi qu'il prit seul. Maria et moi étions depuis longtemps arrivées à Union Station dans l'ambulance que j'avais immédiatement fait venir du Cook County Hospital où j'avais quelques relations. Le lendemain nous étions à Saint-Louis, Missouri, où Maria put acheter la presse et découvrir avec satisfaction le masque de Médée qu'elle avait donné à Mrs. Butterfly juste au moment où un photographe capturait la scène. Je lui fis part de mon diagnostic : Meneghini n'avait pas tort et une exfiltration discrète loin des shérifs américains était la meilleure option qui s'offrait à elle et, partant, à moi. Je n'ai jamais vu Maria Callas aussi joyeuse. Pendant quelques semaines, personne ne saurait où elle était. Nous ferions des étapes dans des motels miteux où l'on n'était pas regardant sur votre identité. Nous vivrions une lente et paresseuse approche de la côte est où nous trouverions bien un bateau, un avion, un radeau… pour revenir à Milan. Et par la route 66 en plus ! exulta Maria qui adorait respecter les mythes.

Nous sommes entrées dans le terrain vague délabré où tenait boutique, en plein air, un marchand de voitures branlantes, opportunément prénommé Jason. Aussi majestueuse que Médée mais en moins bon état, une Oldsmobile rouge nous a semblé à la hauteur de notre rêve américain. Payons Jason et partons, a dit Maria. Tout à fait, payons Jason et partons, ai-je repris, gagnée par son enthousiasme.

Nous nous sommes regardées interrogativement. Nous avons soupiré à l'unisson. Dans notre précipitation nous avions omis de prendre des liquidités. À nous deux, nous disposions, après inventaire, de neuf dollars et cinquante-sept cents. Maria a poussé un autre soupir. Plus prolongé. Nous n'avions pas le choix. Nous sommes allées sur le quai où les touristes pouvaient, le temps d'une excursion sur un vieux steamer, se prendre pour Lewis et Clark remontant le cours du Mississippi. Je portais à l'époque une casquette de marin que j'aimais bien car elle me donnait l'air crâne. Je me suis décoiffée et postée dans une position sans équivoque. Puis Maria a fait la seule chose qu'elle savait faire pour gagner de l'argent. Après *Casta Diva*, nous avions déjà triplé notre mise. *Mi chiamano Mimi* nous amena à cent cinquante dollars – *La Bohême*, ça plaît toujours. Après *Addio del passato*, ma casquette débordait – *Traviata*, c'est une valeur sûre. Alors pour remercier ce public improvisé, Maria Callas leur donna en anglais la berceuse du *Consul* de Gian Carlo Menotti : *I shall find for you shells and stars*. Vous ne connaissez pas cet air ? Maria le connaissait. Ceux qui ont écrit que Maria Callas dédaignait la musique qui s'écrivait en son temps n'étaient sans doute pas à Saint-Louis, Missouri, ce jour de 1957 où nous avons déversé dans les mains de Jason, vendeur de voitures, le cachet du concert improvisé, en billets de cinq, dix et cinquante dollars – tu as vu, me disait Maria, ils ont mis des billets, pas des pièces, dans la casquette.

Tandis que la voiture préludait en hoquetant, je lui ai fait remarquer que la berceuse de Menotti était plutôt écrite pour une voix de mezzo et elle m'a rappelé qu'elle était Maria Callas. Et Maria Callas peut tout faire, ai-je ajouté en riant. Nous étions d'excellente humeur.

Alors commença la tournée américaine la plus brillante mais la moins documentée de la plus grande chanteuse lyrique du siècle.

Nous avons fait durer le plaisir et évité la route directe. Dans les rues de Nashville, Maria a donné *In questa reggia* de la terrible Turandot et beaucoup ri avec un joueur de country qui lui a demandé si elle avait avalé un micro pour chanter aussi loin et aussi fort. Il ne connaissait pas Puccini mais l'a très bien accompagnée au saxophone en jouant tout un demi-ton trop haut, à ce que m'a dit Maria. À New Orleans, nous avons fait un *Carmen* d'anthologie avec des chœurs improvisés mais remarquables. À Cincinnati – un petit détour, notre voiture retrouvant une seconde jeunesse – elle a chanté *La mamma morta* et tout le monde a pleuré, sauf elle parce qu'elle chantait. À Philadelphie, elle donna *Médée* au prétexte que la ville avait un nom grec. À Washington, ce fut *Manon* (celui de Puccini, nous aimions moins Massenet) face à la statue de Lincoln et à Baltimore *Ocean, thou mighty monster*, tiré d'*Oberon*, que nous aimions beaucoup depuis qu'elle l'avait chanté pour son audition au conservatoire d'Athènes. Tu vois, me disait Maria, oublier son porte-monnaie ce n'est pas grave mais s'il y a une chose qu'il faut toujours prendre avec soi quand on s'en va un peu précipitamment, c'est son diapason. Et moi je lui répondais qu'elle était une grande architecte, que chaque fois qu'elle commençait à chanter dans la rue, ou dans un parc ou sur le bord d'un fleuve, sa voix bâtissait un cercle qui devenait une arène, un théâtre, un cirque – je vous assure que c'est vrai, je l'ai vu et tous ceux qui étaient là l'ont vu aussi. Ils se postaient en cercle sur les gradins installés par la voix de Maria Callas. Elle disait que j'avais des hallucinations à force de conduire et que je ferais mieux de chercher un motel pour la nuit.

Nous adorions les motels dont Madame Callas, et mes parents aussi, nous avaient répété toute notre enfance à Brooklyn qu'il ne fallait surtout pas y aller et que ce n'étaient pas des endroits pour des jeunes filles. Ce n'étaient à vrai dire des endroits pour personne et on ne savait jamais exactement ce qui allait s'y passer. Un soir, je suis allée demander qu'on pousse un peu le chauffage et le costaud puant le malt de seconde catégorie qui tenait la réception poussiéreuse a proposé de me réchauffer d'une manière si insistante que j'ai soudainement regretté les gardes du corps que les théâtres mettaient parfois à disposition de Maria. J'ai intérieurement déploré d'avoir une connaissance trop théorique du combat à mains nues quand j'ai entendu, comme le bruit d'une explosion, une voix horrifique : *Non toccar, demonio* ; *abbietto, vile*. Quelqu'un a posé une main rassurante sur mon épaule. Je me suis lentement retournée et j'ai vu, face à moi, le frère de Maria Callas, coiffé d'un stetson de cow-boy et engoncé dans un de mes jeans. Le type est parti précipitamment. Tu vois que je peux faire les rôles de travesti, m'a dit Maria Callas, en courant comme une folle vers notre Oldsmobile, qui commençait à montrer des signes de déclin – on arrivait bientôt à la fin du voyage et il allait falloir donner de nos nouvelles au monde du chant lyrique et à la presse internationale. Heureusement, Tita Meneghini était tellement honteux de ne pas savoir où était sa femme qu'il avait déjà forgé une histoire compliquée d'avion, de dépression, de contrat annulé et de retour en Europe, que vous trouverez dans toutes les biographies disponibles sur le marché. Et moi, pendant ce temps, j'embrassais le cow-boy et même le chapeau du cow-boy.

Nous sommes arrivées à Manhattan par le pont de Brooklyn. Maria ne chantait pas mais j'entendais sa voix comme je voyais les lumières de Broadway. Nous avions beaucoup parlé pendant le voyage. On s'aperçoit, en certaines occasions, qu'on n'a rien compris à son enfance alors même qu'on est sûr de l'avoir vécue. À New York nous ne sommes pas allées voir le parrain de Maria qui nous donnait des pistaches et des *loukoumia* quand nous étions petites. J'avais compris entre Levittown et Newark pourquoi elle chantait avec tant de persuasion ce *Non toccarmi*, et ce qui la rapprochait de Médée, Traviata, Norma, Gioconda, Turandot et les autres. Peu de femmes échappent à ça, même dans les opéras. Comment vous dites ? Oui… Vous avez peut-être raison. Surtout dans les opéras.

Nous avons décidé de nous payer un hôtel sur la Cinquième Avenue avec l'argent récolté dans ma casquette après que Maria a chanté sur la terrasse de l'Empire State Building un extrait de *Fidelio* – c'est l'histoire de Leonore qui se déguise en homme pour s'approcher de son amant détenu dans une terrible geôle, puis séduit, sans le vouloir, la fille du geôlier. Comme il fallait faire avec les moyens du bord, le chapeau de cow-boy a trouvé un nouvel emploi.

Quand nous nous sommes dirigées mélancoliquement vers le General Post Office pour envoyer un télégramme au *marito* qui se rongeait les sangs en Italie, je me suis un peu moquée de Maria en lui rappelant la période des réunions Tupperware et des robes de Biki. La parfaite ménagère était devenue un cow-boy.

– Je suis Maria Callas, a dit Maria Callas.

– Et tu peux tout faire, je sais.

Pour notre dernier soir, nous sommes allées à l'Apollo Theater, à Harlem, c'était l'*Amateur Night show*, quand n'importe qui peut se produire sur scène tant que le public le veut bien. Marlene Dietrich nous a rejointes avec ce jeune homme, comment s'appelait-il, avec sa mèche, Presley c'est ça, et plus tard est venue Mrs. Fitzgerald, que Maria traitait toujours avec beaucoup de révérence. Ce n'est pas à moi de vous raconter ce qu'ils ont fait, Elvis, Ella, Marlene et Maria, sur la scène de l'Apollo, ce soir de 1957. Je peux seulement vous dire que Maria Callas pouvait vraiment tout faire.

Silence

Non, ça ne me dérange pas d'en parler. Pas besoin de vous excuser. Tout le monde est un peu fasciné par ça. Même Maria les collectionnait. J'en ai retrouvé un peu partout dans l'appartement après sa disparition. Je crois que Bruna en gardait des doubles dans le frigidaire, au cas où. Que voulez-vous… On n'a jamais assez de reflets de sa voix. Alors quand on trouve un pirate, on est content. Vous savez que moi-même parfois… Oui, Maria disait comme vous : si c'était moi qui prenais le son, en son nom, c'était un enregistrement corsaire plus que pirate, mais enfin le principe est le même.

Vous savez que j'en ai encore quelques-uns que je n'ai jamais partagés avec personne ? Mettez ce casque. Mais si. Il n'y a aucune raison que je garde ça pour moi.

Je sais que vous n'entendez rien. Je ne vous ai pas dit d'entendre, je vous ai dit d'écouter. Vous êtes bien musicien ?

Divin, non ? Ce silence-là, je l'ai pris à Hambourg, en 62, et il fait environ cinq secondes. Il faut une voix immense pour donner cinq secondes de silence.

Elle avait un très beau silence. Un peu comme vous. C'est vrai. Vous vous taisez très bien. C'est rare les gens qui ont un silence plein. Le silence de Callas était somptueux.

Je ne vous parle pas des lieux communs mystiques, du silence comme expression du spirituel, de l'indicible au-delà du son, et autres balivernes : tout ça nous faisait plutôt rire.

Il n'y avait rien de plus tangible et de plus charnel que le silence de Maria.

Je ne vous parle pas non plus des silences inscrits sur la partition.

C'est quelque chose d'autre, un oui qui ne s'écrit pas.

Non, ce n'est pas non plus cette autre idée qui traîne partout que le silence c'est de la musique continuée ou déjà de la musique.

Bien sûr que la musique habite le silence, parce que, le plus souvent, la pulsation continue alors que le son s'arrête. Parfois, c'est le contraire : le son est là et le rythme se tait. Je me souviens d'une répétition à Chicago. On était dans le noir complet et Maria a laissé venir un son très noir qui ne commençait ni ne s'achevait, et ce noir sur noir, sans mesure, c'était du silence.

Bien sûr que chaque fois que Maria Callas se taisait et restait là j'adorais la regarder ne pas chanter, parce que je voyais alors la musique ramassée comme un chat prêt à bondir.

Mais je parle d'autre chose. Continuez à vous taire, je vais essayer de vous expliquer.

L'erreur commune est de croire que le silence est le même pour tous.

Le silence de la neige, par exemple, n'est pas le silence de la nuit. Le silence de Maria Callas n'était ni celui de la neige ni celui de la nuit, même s'il tenait un peu des deux.

Écoutez. C'est Massenet. Elle vient de chanter *Pleurez mes yeux*, l'orchestre se tait et elle installe cette immensité pour laisser s'écouler les larmes, son silence fait un lit, accueille les fantômes – vous les voyez maintenant, les fantômes ? Ce silence-là est d'un rose très délicat, presque blanc. D'autres étaient noirs, ou nombreux comme un tissu très travaillé.

Il y avait les petits creux pour y nicher la voix ou le silence qui avance vers la prochaine note, ou bien elle écoute à l'intérieur et on comprend que, tout le temps où l'on croyait qu'elle nous donnait du son, elle observait l'espace vide creusé en elle pour laisser de la place.

Je crois que c'est ça qui était extraordinaire : on la voyait explorer des recoins de son corps.

Les gens croient toujours que le silence c'est la négation de quelque chose, une perte. Mais dans l'immeuble de Brooklyn, quand nous guettions dans l'escalier le moment où les cachets de mon père endormiraient les cris de Madame Callas, le silence, c'était quelque chose à construire, à se procurer, précieux, musqué et rarissime.

Le silence de Maria vous prenait dans de drôles de chemins, elle jouait de ses lèvres avec les violons, de ses yeux, de son front.

On a dit que son chant déclinait, que le corps n'y était plus, que le soutien manquait, que c'était les aigus qui vibraient, les graves qui partaient, ou je ne sais quoi. Mais regardez son silence, pour la mort de Carmen, dans le concert des adieux à Londres en 1973 et dites-moi, après ça, qu'elle ne sait plus chanter.

Maria Callas, je l'aurais écoutée se taire pendant des heures.

Nager dans la mer

Quels problèmes de voix ? Oui… Tout le monde a parlé des problèmes de voix. C'est juste que maintenant je vois les choses autrement. La voix a changé, on l'a dit, et c'est sans doute vrai. Mais j'ai du mal à vous donner les dates parce que, pour moi, la voix de Callas a toujours été la même. Il se peut que je n'entende pas tout à fait la même chose que les autres.

Je n'ai pas cherché à comprendre. Il n'aurait plus manqué, disait Maria en riant, que je devienne un médecin du chant, un *ear-nose-throat doctor*, comme disent les Américains. Vous m'imaginez marcher dans Milan ou embarquer sur le *Christina* en discourant sur la résistance de ses cordes vocales à la pression subglottique exercée par l'air pulmonaire ? Ou bien dans la coulisse, disant finement au pompier de service que son jeu avec les résonateurs pharyngo-buccaux était exceptionnel ce soir ? J'ai bien fait de m'en tenir à la chirurgie générale.

Il suffisait que Maria doive affronter une myriade de questions sur sa voix. Heureusement, les réponses étaient au point et se résumaient à d'habiles variations sur le thème du travail intense – c'est une question de travail, j'ai beaucoup travaillé, vous savez sans le travail on n'est rien. Le talent ? Mais c'est du travail – le tout, si l'interview était en français, en grasseyant légèrement le *r* du verbe travailler, ce qui ajoutait une touche exotique toujours bienvenue, ou, si cela se passait en anglais, en dissimulant les inflexions américaines *made in Brooklyn* sous une légère touche italienne avec quelques contre-accents bien placés. Pour le final, ne jamais oublier de préciser que la voix ne vous appartient pas, qu'elle ne vient jamais quand on l'appelle, panthère plus que chien dressé, ce qui n'empêche pas… qu'il faut travailler, et encore travailler.

Les poètes du dimanche n'ont rien arrangé. Biki avait tenu à nous présenter ce couturier français, comment vous l'appelez déjà, Yves Saint Laurent, c'est ça. Et le couturier a écrit sur la voix de Maria quand elle nous a quittés. « Arc-en-ciel de lumière, cataractes du Niagara, brise sous-marine, abîmes d'un puits sans fond aux gouffres de forge infernale, cascatelles de cristal, écharpe de gaze déroulée sous le souffle de l'aurore, entrailles de la terre, viscères du Minotaure, torrents de miel, marécages, sables mouvants où l'on s'enfonce, où l'on s'oublie jusqu'à se perdre. »

Je suis d'accord avec vous. Je préfère les résonateurs pharyngo-buccaux.

Et je préfère vous dire comment Maria nageait dans la mer, comme une phrase qui ne s'achève pas, mais dont le bras, courbé puis étiré, vise la fin, l'effleure quand la main s'incurve pour rentrer dans l'eau. Callas et la mer avancent. Et tout à coup ça écume de rire, on s'éclabousse. Maria Callas vous a fait une blague. Pris par le pied vers le fond, mais non, contre son corps elle vous maintient, vous respirez. Jusqu'à la plage.

Maria Callas adorait nager dans la mer qui ne lui demandait rien, n'attendait pas la mise à mort pour applaudir, prenait ses cuisses dans les vagues et, enfin, on pouvait jouer.

Elle nageait en technicolor dans la mer juste un peu trop bleue avec, pour déjeuner, des pastèques vaguement salées.

Elle plongeait du *Christina* et remontait par la petite échelle et plongeait de nouveau – peur de rien.

À Sirmione, près de la maison qu'avait achetée *il marito*, ce n'était pas la mer mais le lac de Garde, très doux, et quand ça a commencé à ne pas aller et qu'elle ne voulait pas encore me dire pourquoi, nous y allions en cachette, quand nous savions que Meneghini ne serait pas là : il y avait, près des citronniers, un petit mur chaud comme du pain contre lequel on pouvait s'asseoir les pieds dans l'eau en mangeant ce que l'on voulait.

C'est à Sirmione qu'elle a commencé à me raconter le projet plus en détail. Je serais bientôt la seule à reconnaître sa voix.

Master Class

Quand Maria Callas m'a dit le nom des drogues qu'elle voulait que je lui procure, j'ai essayé de faire bonne figure et de ne pas montrer à quel point j'étais surprise. La profession de médecin autorise à se retrancher derrière une liste plus ou moins longue d'effets secondaires, bien utiles pour masquer l'affolement mêlé d'une vague terreur qui me tenait et le chagrin que je sentais se profiler.

J'ai joué, assez faux, les praticiens protecteurs et légèrement condescendants. Je lui ai trouvé des raisons plutôt que d'écouter les siennes : son désir d'atteindre la maigreur d'Audrey Hepburn ne pouvait justifier de faire n'importe quoi et, si elle avait l'impression que ses muscles la lâchaient parfois dans les aigus, un peu de repos, quelques exercices peut-être suffiraient à arranger tout cela. J'ai parlé vacances. Ari nous prêterait le *Christina*. Ou bien nous prendrions Homèros et irions à Skorpios pour nager – nous ne cesserions pas de nager. Si elle ne voulait plus chanter, elle savait bien que, contrairement à sa mère et à quelques millions d'amoureux de sa voix, je l'aimais pour des raisons qui n'avaient rien à voir avec le bel canto, que mon amour d'ailleurs n'était pas la question, qu'elle pouvait bien s'en aller pour aimer où bon lui semblerait, dans les eaux qui lui plairaient, rire dans les pays où on ne la connaissait pas, passer, au contraire, le reste de sa vie à signer des autographes en prenant des poses languissantes, peindre peut-être, lire autre chose que les articles du *Reader's Digest* qu'elle n'avait jamais le temps de lire, ou composer, pourquoi ne composait-elle pas, ou alors du jazz, mais ouvertement pour une fois, du bel canto qui groove, qui pouvait l'inventer sinon elle, grandie à Brooklyn entre Verdi et le blues, ou du cinéma à nouveau sans Pier Paolo cette fois, sans Médée, un film musical par Callas inventé, on renouerait avec Julie Andrews, on ferait le duo des duos, *Mary Poppins contre Mary Poppins*, et la cuisine, est-ce qu'il n'était pas temps de révéler au monde que l'élaboration de son taramosalata valait bien la ligne mélodique qui la conduisait au contre-ré, pourquoi étions-nous si peu nombreux à le savoir ?

Elle ne voulait plus être un jukebox où il suffit de remettre une pièce pour que votre aria préférée, *by Callas herself just for you*, jaillisse instantanément. Je n'avais pas, moi qui parlais, fait beaucoup mieux que les autres. J'avais fini par trouver naturel qu'elle chante à la demande, et j'oubliais les efforts dont j'avais été témoin. C'était vrai, elle avait raison, on était allé trop loin – une rose à présent, on lui avait consacré une rose, pourquoi pas une église –, viens, on va repartir, ou repars si tu préfères, tu as raison quand tu dis aux journalistes que Maria n'est pas Callas, je croyais que tu le disais pour te débarrasser d'eux, mais Maria Callas, sois Maria, ou Cecilia, ou Sophia, qui tu veux, ça ne vaut pas la peine de faire tant de mal à ton corps, quand il serait facile de tout arrêter maintenant, de faire autrement, doucement, discrètement, où veux-tu aller ?

Silencieusement, Maria Callas me laissait parler. Une petite ride d'obstination s'était formée entre ses deux sourcils. Puis, tout son corps se relâchant, il s'est laissé engouffrer par l'air chaud de Sirmione. Elle ne disait pas autre chose que ce que je refusais d'entendre. Je pouvais m'enfuir si je pensais ne pas avoir la force, ou rester et l'aider.

Je ne pourrais pas vous dire si j'ai eu la force mais je suis restée.

Redonnez-moi un peu de ce café. Ça soutient le cœur.

Il fallait trouver de l'argent sans que Maria chante : c'était nouveau. La proposition de la Juilliard School, au début des années soixante-dix, est arrivée à point nommé. Une master class à New York cela ramènerait des dollars et les lois du genre joueraient en notre faveur. C'est la politesse d'une grande, quand elle transmet son art, de chanter à dose infinitésimale, de montrer la musique en marquant, en évitant la pleine voix et les aigus, de laisser deviner au public mélancolique les vestiges de son talent dont les ruines sont cruellement préférables aux propositions pataudes des chanteurs en devenir qui n'apprendront rien ce jour-là – ce n'est pas le propos – mais serviront cet étrange culte où il convient de signifier à la divine sur le retour qu'ils lui sont et lui seront toujours infiniment inférieurs.

Nous savions donc à peu près à quoi nous attendre en arrivant à New York. J'irais renouer quelques contacts au Mount Sinai Saint Luke's Hospital où j'avais conservé des relations du temps de mon internat et, quelques blocks plus au sud, Maria ferait Callas dans le petit théâtre de la Juilliard School. Ensuite, nous aviserions.

Au début, tout s'est bien passé. Maria était à l'heure, comme toujours, maquillée de manière à laisser entrevoir un léger vieillissement qui donnerait à tous la satisfaction d'assister au début de la fin. Le piano, le tabouret, le verre d'eau avec sa carafe étaient installés sur le plateau éclairé d'une lumière hésitant entre la répétition et le show. Les places s'étaient arrachées. La salle était pleine d'un public avide d'assister à une leçon de la Divina Callas. Les victimes de la divine, une dizaine d'élèves qui se présenteraient sur la scène et chanteraient devant elle, avaient été sélectionnées avec un soin extrême et attendaient dans une loge qu'on les appelle.

Pendant ce temps, dans la salle de garde du Mount Sinai, je prenais des nouvelles de certains de mes confrères dont la réputation sulfureuse effrayait moins à New York qu'à Paris.

À la Juilliard, Maria est entrée sous des applaudissements qu'elle a éteints d'un geste impérieux – le sacrifice des apprentis chanteurs pouvait commencer.

À cela près qu'on ne vit jamais les victimes, ou plutôt que Maria Callas ne les vit jamais. Car moi je les ai découvertes, en assez mauvais état, dans la salle d'attente du Mount Sinai Hospital, où l'on m'avait appelée en renfort, puisque j'étais là.

Au même moment, Phyllis Wheasteley, une infirmière cheffe qui m'aimait bien, est arrivée, un peu essoufflée par l'émotion : Madame Callas voulait me parler.

– Je suis seule sur scène, la salle est pleine mais les élèves ont disparu, m'a dit la voix de Maria Callas, un ton plus grave que d'ordinaire, dans le téléphone orange qui trônait sur le bureau de Phyllis.

– Je m'en doute, ai-je dit en contemplant ce que j'identifiais, à sa robe et sa partition, comme une jeune soprano terriblement verte et nauséeuse.

Phyllis, qui contemplait le troupeau des lyriques échoués comme des phoques sur les fauteuils en plastique de la salle d'attente, hésitait entre l'intoxication alimentaire et l'épilepsie collective. J'avais un autre diagnostic.

Les humbles impétrants chanteurs prêts à recevoir les leçons de la très grande s'étaient désistés, les uns après les autres, pris d'une callasite carabinée. La trouille, si vous préférez. C'est extrêmement contagieux.

À l'autre bout du fil, Maria m'expliquait qu'on avait retardé le début et qu'on cherchait le moyen de se sortir de là. On ne trouvait pas.

Prise dans un mouvement qui m'entraînait à vouloir la sauver de tout à défaut de pouvoir la détourner de ses projets, j'ai retrouvé mes réflexes d'urgentiste. Meuble ! ai-je dit sans savoir ce que j'allais faire.

À ce que l'on m'a rapporté, Maria a remarquablement meublé, puisqu'elle tint environ trente minutes sur la hauteur du tabouret qui lui était fourni, puis encore un quart d'heure sur la texture du coussin où elle entendait poser son opératique postérieur. Ses brillantes variations ont été recueillies par un dramaturge en mal d'inspiration à qui j'en veux un peu d'avoir signé de son nom un texte dont Callas était la seule autrice. Ça s'appelle *Master Class*. Vous l'avez lu ? C'est vraiment fidèle, bien qu'il ait écourté la chose, comme s'il avait eu peur, ce qui est bien regrettable, de la démesure lyrique.

De mon côté, je cherchais la solution que j'avais étourdiment promis de trouver, tout en tenant la tête d'un jeune ténor qui s'appliquait à vomir son appareil phonatoire. Phyllis faisait le tri entre les différents symptômes et je trouvai assez vite le traitement – eau sucrée pour tout le monde, Valium pour les plus émotifs. Puis Phyllis m'a tendu un verre d'eau sucrée d'un air professionnellement compatissant. J'ai compris que je devais moi-même être un peu pâle. Je n'avais pas la moindre idée de ce que je devais faire pour aider Maria et m'apprêtais à m'en remettre à la Fatalité ou à la Fortune, *Tychè* comme on dit en grec. Mais c'est le dieu des chrétiens qui me vint en aide. Vous allez toujours à l'Église, ai-je demandé à Phyllis ?

C'est ainsi qu'en lieu et place des élèves de la Julliard School, empêchés, se présentèrent devant Maria Callas les membres du chœur de la Seventh Day Adventist Baptist Church. Il fallut continuer à improviser, ce que Maria fit magnifiquement. Avez-vous entendu sur les enregistrements qui nous restent la superbe vocalise par laquelle elle interrompt les candidats chanteurs à peine ont-ils commencé, voire avant qu'ils n'aient émis un son : une chaîne de « *no* » qui montent par quintes et redescendent, implacables, par tierces successives en un decrescendo qui mène à un long portamento ? Quelque chose, oui, comme :

no, no, no, no, NO, no, no, no, no,

nooooooooooooonoN0.

Brava. Il fallait ça pour que nul n'entende qu'en lieu et place des airs annoncés on lui proposait avec enthousiasme et non sans groove les premières notes de *Surely God is Able* et de *The Lord is My Shepperd.* Des *Amen* et des *Yes Lord* s'échappaient des coulisses et pour les étouffer elle déclamait des vociférations mêlées d'explications ulcérées sur l'art de chanter Verdi ou Puccini, sans oublier d'interroger sèchement les faux élèves dont l'embarras, lui, n'était pas feint. Une grande sait improviser. Et témoigner sa gratitude : le dimanche suivant, Maria a éraillé le noir pour y faire éclater des lignes brisées d'acier-feu dans la petite église sise à l'angle de la 127e rue et de Lexington Avenue. Elle a chanté un gospel de transe, et des transes il y en a eu. Un amateur de bel canto, s'il s'était trouvé là, aurait-il reconnu la voix de Callas ou, si on lui avait dit que c'était elle qui chantait, aurait-il parlé de voix cassée ou abîmée, d'aigus trop étroits ou de graves mal soutenus ? Je n'en ai pas la moindre idée.

J'ai compris ce dimanche-là que ce que j'entendais dans la voix de Maria serait toujours là, pour moi et pour quiconque aimait cette voix. Si vous avez déjà vu quelqu'un mourir, sur le point de mourir, je veux dire, vous allez comprendre ce dont je parle. Certains meurent très vivants, d'autres ont la politesse avant le dernier soupir de laisser derrière leurs traits transparaître le crâne du squelette – on dit alors qu'ils étaient bien changés à la fin. Mais si on les regarde bien, si on regarde leurs yeux où se ramasse ce qui compte vraiment, on reconnaît l'essentiel.

La voix de Maria, je la regardais droit dans les yeux depuis le début. Quand elle s'attardait sur le *i* de mon prénom avant de laisser passer le *a*, en s'appuyant, jusqu'au bout, sur la consonne, quand elle se prenait de rage contre sa mère, il y avait cinquante ans et il y avait cinq minutes, quand elle disait Medea, quand elle a entamé la tournée de 1973 qu'on a dit des adieux, je me vautrais dans la constance de mon impression que rien n'avait changé, rien ne pouvait changer. Peu à peu, comme elle ne me parlait plus du projet, cette conviction m'a engourdie, plus que ça, endormie, et j'ai chassé de mon esprit ce qu'elle m'avait demandé. Je n'en suis pas très fière. Je me suis comportée comme la pire des amies. Je l'ai parfois évitée et quand mon cousin Ari est venu mourir à Paris, en 1975, je n'étais là ni pour Maria, ni pour Homèros, qui a dû baisser tout seul le rideau de leur superproduction.

C'est un portrait de Pablo Picasso qui m'a tirée de ma torpeur.

Une ordonnance

Nous ne sommes pas nombreux à savoir que le portrait intitulé à tort *Jacqueline assise de profil* représente en fait Maria Callas. Pablo Picasso et Maria Callas ont tout fait pour que leur rencontre reste secrète, sans doute parce que trop de violence rentrée a plané sur les journées où elle a posé pour lui, à Antibes. Il la voulait et était trop intelligent pour ignorer qu'il ne l'aurait jamais. Elle voulait fuir mais avait besoin de ce miroir-là, et non d'un autre, comme je le compris plus tard en regardant le portrait qui est longtemps resté caché, et roulé, quelque part dans la cuisine de Milan, puis dans la salle de bain de l'avenue Georges Mandel. Mais ce qui les rendait vraiment furieux, tous les deux, c'était l'évidence indiscutable que Maria avait un visage cubiste, d'angles et d'arêtes combinables à l'infini si on fermait à demi les yeux – bouche ici, nez à droite, un œil près des oreilles. Picasso bouillait de rage que le visage de Maria soit le seul Picasso qu'il ne pourrait jamais signer, et Callas fulminait quand elle ne pouvait s'empêcher de reconnaître son masque sur des tableaux pour lesquels elle n'avait jamais posé.

Quand ils se résignèrent à se rencontrer, c'était taureau contre taureau, sans personne pour la mise à mort. Picasso n'a pas voulu garder le tableau et Maria ne l'a jamais montré, jusqu'à ce jour de 1976, soit qu'elle ait eu la sensation que la mort de Picasso, trois ans plus tôt, lui ouvrait des lignes de fuite, soit qu'elle n'ait trouvé que ce moyen pour me rafraîchir la mémoire. Je découvris qu'il n'y avait pas une mais deux toiles. Sur la première, Callas semblait chercher à incarner une version gréco-espagnole d'Audrey Hepburn et le trait de Picasso disait qu'elle n'y parvenait pas : c'était réussi et méchant. Je regardais le portrait en hésitant entre l'admiration et l'accablement, quand mon regard a été attiré par l'arête du visage qu'il avait dessinée d'un triangle. Ce triangle on le retrouvait, détaché du visage, sur la seconde toile, que je n'ai jamais montrée à personne – un dessin à l'encre où la mâchoire volait dans le coin droit formant un angle plus acerbe, tandis que le nez, en diagonale, avait pris la consistance d'un bois précieux, et que l'œil, un seul, regardait à l'intérieur tout en perçant la spectatrice. Alors, ce qu'il voyait, cet œil, ou ce qu'il voulait faire, je l'ai vu, parce que Picasso était un grand peintre et parce qu'il était temps que je le voie, même si je ne le comprenais pas.

C'est la flagrance de ce portrait qui m'a fait accepter de signer enfin les ordonnances, les vraies, celles qui serviraient, et les fausses, qui ont été bien utiles, jusqu'à aujourd'hui, pour détourner l'attention : la mode du Mandrax nous a aidées – c'est un dérivé de la méthaqualone combiné à un antihistaminique, un somnifère un peu puissant, si vous préférez, et Maria ne manquait pas d'appeler sa sœur, en Grèce, pour la supplier de lui en procurer parce qu'à Paris le médicament n'était pas en vente libre. Comme nous l'avions prévu, *the sister* a répété à qui voulait l'entendre, c'est-à-dire à un certain nombre de journalistes et de biographes en mal de renseignements, que Maria était lourdement dépendante au Mandrax, un bien joli nom au demeurant, ce qui a dû contribuer à rendre notre histoire convaincante. C'était de toute façon un temps très chimique, et je n'avais que l'embarras du choix pour laisser traîner un peu partout, de préférence là où je savais qu'on les trouverait, des ordonnances de sécobarbital, qu'on appelait aussi la pilule rouge, de sérotonine commercialisée sous divers noms, de nitrite d'isobutyle (les poppers, vous connaissez ?), sans oublier les très classiques Pervitine, aminorex et Dexedrine. À force de voir des opéras et d'en discuter avec Homèros, j'avais compris que les intrigues alambiquées emportent la conviction et je peux me vanter d'avoir persuadé le monde entier que Maria Callas a ingéré de quoi tuer tout un chœur de Verdi avant la fin de l'acte I.

Ce que j'avais vu avec clarté sur le portrait de Picasso, je peinais cependant à en comprendre les raisons… D'abord j'ai pensé que Maria avait généralisé jusqu'à l'absurde la maxime qui nous avait fait rire : Callas pouvait tout faire, elle pouvait donc faire cela aussi. Ensuite, je me suis enlisée, pour un temps, dans les arcanes d'une psychologie simpliste, ai ressorti la mère un peu frappée, la sœur toujours complimentée, le frère mort qu'il fallait remplacer pour satisfaire Madame Callas, et le parrain nauséabond. Maria m'a dit que ce n'était pas cette sale histoire qui avait déterminé sa décision. Je l'ai crue, me suis lancée, comme un chien affolé, sur une nouvelle piste : ce projet, c'était du théâtre continué par d'autres moyens ; elle avait fait Médée, Tosca, Imogène, Norma, Amina, puis, si bien, Maria Callas ; elle ne pouvait pas, n'allait pas s'arrêter maintenant. À l'opéra on en fait trop pour cacher que, derrière le masque démesuré et les décors flamboyants, il n'y a pas de secrets mais un autre décor plus excessif encore ; que l'on s'habille ou que l'on se déshabille, on finit toujours en costume – Maria voulait un nouveau costume. Audrey Hepburn, le corps trop gros pour être sien qu'elle s'était donné, le corps maigre qui n'est là que pour signifier qu'il n'a pas toujours été maigre, les réunions Tupperware en tablier vert dans la cuisine, les robes noires qui n'allaient pas à l'infini, tant d'efforts pour fabriquer, manigancer, malmener son corps, mais quel corps ?

Ce que j'avais appelé son corps, ce que j'avais caressé en l'appelant sa peau, c'était un déguisement sous les déguisements. Maria, ce n'était pas plus naturel que Callas. Nous n'étions pas des femmes conventionnelles malgré ce que Maria a pu faire croire au monde. Nous savions, elle par métier, moi par goût, nous déguiser et nous travestir ; nous avions connu Marlene, et Julie qui avait fait le garçon devant nous bien avant de le faire au cinéma, et quel beau garçon. Mais ce qui arrivait à présent à Maria allait beaucoup plus loin, c'était la conviction terriblement douloureuse que son corps était un habit mal taillé, un instrument bancal dont elle savait se servir mais qui n'avait jamais été accordé convenablement – regardez, quand elle chante, surtout à la fin, comment elle tient son corps dans ses bras, comme une énorme contrebasse sur le point de s'écrouler.

Le paradoxe était que ce corps tous l'adoraient et plus encore ce qu'elle savait en faire sur une scène, que tous m'enviaient d'en être proche, sans avoir aucune idée de la souffrance que me causerait sa perte. Comment fait-on pour perdre quelque chose qui n'a pas existé ? Je n'ai pas encore trouvé la réponse à cette question. Ou bien c'était autre chose : elle voulait sortir du corps de Callas que l'on avait adoré, pour pouvoir elle aussi, enfin, en jouir de ce corps et de ses effets, s'en séparer pour mieux le contempler, se soulager du devoir épuisant de fasciner, prendre le plaisir qu'elle avait donné, comme une hyperbole du bonheur de s'écouter sur un disque.

Je ne comprenais pas grand-chose. Il n'y avait peut-être rien à comprendre.

Pendant que je vous parlais m'est revenu le nom extravagant qu'elle avait choisi quand nous avons traversé, incognito, les États-Unis : Cecilia M. Sugarbread. Cecilia pour la musique, Sugarbread pour oublier le régime et M. pour Maria, avais-je alors pensé parce que je ne savais pas encore pourquoi aucune robe n'allait jamais, pourquoi aucune note ne convenait, pourquoi aucun amour n'était vraiment le bon, parce que je n'avais pas encore compris pourquoi Maria connaissait tous les rôles de tous les opéras, des sopranos aux basses profondes, pourquoi *Tosca* était son opéra préféré, et pourquoi j'étais devenue médecin. Ce nom disait tout autre chose : Maria Callas était non pas une soprano dramatique ou lyrique, non pas une gravure de mode, non pas la plus grande chanteuse de tous les temps, non pas la fille de Médée mère, non pas Médée elle-même, ou Tosca, ou Norma, mais oui, peut-être, aventurière des octaves, Ulysse, ou Jason, ou le pirate amant de la belle Imogene, ou M. comme Mario, le fils chéri que désirait sa mère, M. comme Mario Cavaradossi, bel amant amoureux de Tosca qu'interpréta Callas.

J'ai prescrit, j'ai tenté une dernière fois de, j'ai lu sur la notice du gel que je m'étais procuré à prix d'or, de la dissuader, j'ai tenté de la dissuader, j'ai lu sur la notice que le produit ne doit pas être utilisé, je peux tout, utilisé par les femmes, je peux tout faire, je suis Maria Callas, j'ai, je n'étais pas d'accord, j'ai prescrit la testostérone.

Maria Callas depuis toujours était un homme au plus profond d'elle-même. Un homme avec un H, tiens, oui, comme Homèros, un garçon, le garçon de sa mère, pas le mort, celui qui avait vécu tout ce temps, Mario, caché dans le corps de Maria Callas. Elle était tous les hommes qu'on veut, aux fortes cuisses et à la voix profonde. Non, je ne dirais pas que ça m'ait fait plaisir. Évidemment que je l'aimais. Oui, d'amour et de désir. Mais celle que j'aimais n'était qu'une semblance de soprano.

Le clou du spectacle

Nous étions en janvier 1975.

Heureusement que Maria a toujours su mourir sur scène, parce que cette mort-là, il n'était pas question de la rater.

Il nous restait seulement deux ans pour préparer le clou du spectacle.

Nous avons commencé par louer les services de Vasso Devetzi, dont les biographes qui revendiquent une certaine intimité avec Maria Callas notent tous avec une naïveté attendrissante que l'on ne sait pas trop comment elle est entrée dans la vie de Callas, et pour cause. *I am sorry but who is Vasso?* comme l'a demandé avec son inexpugnable fraîcheur Jackie Callas, *sister* de Maria, quand il est devenu impossible de la tenir à l'écart.

Nous avions vu assez de films hollywoodiens et lu assez de livrets d'opéra pour savoir qu'un peu d'aplomb suffit généralement à corriger les invraisemblances les plus criantes. *Vasso, you know, is er… Vasso*, ai-je répondu à la *sister*, qui se l'est tenu pour dit et n'a plus cherché à percer des mystères qui la dépassaient.

Quoi qu'il en soit, Vasso a parfaitement joué le rôle de l'amie et confidente des derniers jours et nous a bien aidées à faire passer l'idée, absolument hurluberlue pour quiconque a fréquenté de près ou de loin une église grecque orthodoxe, que Maria désirait, depuis toujours, être incinérée. Il est plus facile d'escamoter des cendres que de maquiller un cadavre.

Bien sûr qu'elle n'est pas morte ! Ne faites pas semblant de ne pas avoir compris. C'était un assez beau spectacle qui, une fois n'est pas coutume, commençait par la mort.

Le détail de la première scène était remarquablement orchestré. Le brave Nicholas Cage que nous avions déjà aidé à écrire n'importe quoi sur l'enfant de Callas en a donné un récit très exact. Dès que Bruna a eu fini de teinter les lèvres de Maria en bleu, Ferrucio, le chauffeur, qui interprétait son propre rôle tout comme Bruna, a immédiatement tenté de joindre le médecin de Maria au téléphone mais la ligne était occupée, ce qui s'explique puisque Maria n'avait jamais eu de médecin autre que moi qui n'avais d'autre téléphone que le sien. Il a ensuite composé le numéro des urgences de l'hôpital américain également occupé, ce qui peut se concevoir puisque je m'étais portée volontaire pour une garde ce soir-là. Ferruccio en a été réduit à appeler son propre médecin personnel « qui accourut », écrit Nicholas, ce qui est inexact car je suis revenue en voiture depuis l'hôpital américain.

Pendant que se déroulait ou plutôt ne se déroulait pas cette petite comédie, nous avons eu le temps de préparer Maria. On a beaucoup écrit qu'elle ressemblait à Traviata sur son lit de mort et j'en suis assez contente parce que c'est exactement l'effet que nous avions recherché, avec Bruna, en la maquillant. Nous avions également travaillé l'éclairage – une semi-obscurité sied au deuil et à l'équivoque. Venait alors le grand moment de Bruna, qui a parfaitement joué son rôle même si, à lire les comptes-rendus écrits par les quelques spectateurs que nous avons dû autoriser à entrer, je me demande si elle n'en a pas fait un peu trop : elle « s'affairait de façon obsessionnelle auprès du cadavre de sa maîtresse, elle peignait tendrement ses longs cheveux, défroissait les dentelles de sa précieuse chemise de nuit, enlevait un grain de poussière imaginaire, s'arrêtait un instant pour prier, puis recommençait à la peigner, interminablement ». C'est Zefirelli qui a écrit cette belle critique et Bruna en est très fière. Pour les amateurs d'opéra, on n'est jamais trop démonstratif.

Tout cela se passait le 16 septembre 1977. Du 16 au 20, nous avons habilement louvoyé entre la préparation de notre opération et les inévitables visites à la feinte dépouille. Vasso était chargée d'en restreindre, voire d'en éteindre le flux, si bien que Zefirelli, à ce qu'il semble, n'est jamais venu et a inventé sa belle description de Maria-Traviata, impeccable sur son lit de morte, mais je n'ose pas le dire à Bruna qui a, de toute façon, été parfaite et a d'autant plus de mérite qu'entre deux lamentations, elle devait me prêter main-forte.

Il a bien fallu cependant laisser *the sister* se recueillir sur le corps. Elle a déclaré qu'elle ne comprenait pas que l'on puisse être aussi belle dans la mort, ce qui était bien aimable pour notre maquillage, mais trop lucide à mon goût. Entre le jour de son arrivée et les obsèques qui suivirent, le lendemain, Vasso s'est chargée de la promener dans Paris, pour éviter qu'elle ne vienne renifler de trop près le cadavre un peu trop chaud de sa petite sœur.

Nous avons aussi drapé les fenêtres de noir pour perfectionner le décor, éviter les photographes indiscrets, et permettre à Maria de se lever – au bout de quelques heures, même une chanteuse lyrique a du mal à faire semblant de ne pas respirer. Pendant ce temps, Bruna et Phyllis, notre amie infirmière que son amitié pour moi, sa reconnaissance envers Maria et la promesse d'un don à la Seventh Day Adventist Baptist Church avait décidée à faire le voyage depuis New York, travaillaient à aseptiser la cuisine – celle où nous nous trouvons, oui. Le 20 septembre, tout était prêt.

À 16 h 15, un cercueil, porté par quatre hommes en uniforme noir et couvert d'un écusson, noir lui aussi, sur lequel je ne sais qui, je ne pouvais m'occuper de tous les détails, avait brodé en blanc la lettre C, a quitté le 36 avenue Georges Mandel dans un corbillard que suivaient deux DS noires où nous avions jeté la *sister* et quelques autres « proches ». Le corbillard a pris la direction de la cathédrale Saint-Stephanos, au 7 de la rue Bizet. Le métropolite orthodoxe de France avait accepté d'y célébrer la messe des obsèques – en matière religieuse, les promesses de don font décidément des miracles. À 16 h 24, Maria m'a donné le plus beau baiser que peut donner une langue lyrique. À 16 h 25, à mon signal, Phyllis a fait l'injection.

À 16 h 30, le corbillard de la Divina et ses deux DS sont arrivés rue Bizet et le cercueil a été placé au centre de l'église.

À 16 h 35, la princesse Grace de Monaco a intimé à sa fille Caroline l'ordre de se tenir droite. Le métropolite est sorti par les portes saintes avec l'encensoir et la croix qu'il a posés sur le cercueil. Il a donné son feu à l'assemblée qui a tenu les cierges allumés le temps de la cérémonie. Quand il a eu fini d'encenser le cercueil sur les quatre côtés, j'ai réalisé une incision périaréolaire à laquelle s'est ajoutée une incision en forme de T inversé sous l'aréole pour enlever l'excédent de tissus. Trois fois le métropolite et le chœur ont chanté le trisagion, le « trois fois saint », *Saint*

Dieu, Saint Fort, Saint Immortel, aie pitié de nous. Sister a chuchoté en anglais à Vasso qu'elle aurait préféré que la célébration se fasse en grec et j'ai procédé à la résection des tissus glandulaires en séparant la glande mammaire du fascia prépectoral.

À 16 h 50, tandis que je prenais soin de conserver une densité adéquate à la graisse subcutanée, le cercueil a été déplacé sur le côté de l'église afin que l'assistance, plus nombreuse que prévu, puisse entrer. Quand le métropolite a entonné le psaume 118, dit des immaculés, *amômoi,* parce qu'il commence par μακάριοι οἱ ἄμωμοι, heureux les immaculés, ἐν ὁδῷ οἱ πορευόμενοι ἐν νόμῳ Κυρίου, qui marchent sur la route dans la loi du Seigneur, j'ai achevé l'exérèse des seins que j'avais caressés tant de fois.

Alors se sont élevés les *Evlogetaria* des morts, les hymnes de louanges pour les morts, qu'il ne faut pas confondre, mais personne ne le savait, avec les *Evlogetaria* résurrectionnels, qui sont chantés le dimanche au cours de l'office de l'Orthros. Pour l'office funèbre d'un membre du clergé, deux *Evlogetaria* supplémentaires sont inclus, et pour Maria Callas le métropolite en a ajouté un de sa propre initiative ce qui m'a laissé le temps de préparer Maria pour l'opération suivante, dont je n'étais pas sûre qu'elle fût nécessaire, mais elle avait beaucoup insisté.

J'avais profité de l'incision submammaire pour prélever du cartilage selon les recommandations de Naguro Isshiki dans son article fondateur sur la thyroplastie paru environ six mois avant le concert du 11 novembre 1974 – la tournée au Japon avait été difficile mais fructueuse. C'était à présent le chant du *kondakion* et le métropolite a encensé le tétrapode, l'iconostase et les fidèles. J'ai pu tout de suite pratiquer une cervicotomie antérieure et une dissection par plan. Avec les Saints donne le repos, ô Christ, à l'âme de ton serviteur, a psalmodié le chantre et j'ai contemplé pour la première et la dernière fois les cordes vocales de Maria Callas.

Sont alors venus les *idiomélés* qui sont chantés selon l'ordre des huit modes du chant byzantin mais laissent au chantre une certaine liberté d'improviser. Je me suis dit que, si je n'avais pas été en train de pratiquer une incision d'environ 7 millimètres sur la partie latérale de son cartilage thyroïdien, Maria aurait adoré assister à ses obsèques.

Au huitième tropaire chanté par le métropolite, assez en voix ce jour-là, un chevauchement d'une largeur de 3 millimètres a été effectué sur le côté droit, tandis que le côté gauche a été retourné et fixé face à face. La fixation est une étape cruciale de ce genre d'opération.

Après lecture de la Bible, la princesse de Monaco, l'ambassadeur de Grèce, *the sister*, Jeanne Moreau que nous ne connaissions pas, le directeur de l'Opéra de Paris que nous connaissions à peine et les autres se sont approchés pour regarder le cercueil et donner un dernier baiser à la défunte, à cela près que nous étions en France et que l'on n'avait pas, comme on le fait chez nous, laissé le corps visible. Nous avions parfois déploré cette tendance de la diaspora grecque à trop vouloir s'adapter aux mœurs de son pays d'accueil, mais je dois reconnaître qu'en la circonstance elle nous arrangeait bien.

À 17 h 20, Grace de Monaco s'est inclinée devant ce qui n'était pas le corps de Maria Callas et d'un dernier coup de bistouri j'ai achevé de détruire l'appareil phonatoire de la chanteuse lyrique qui avait fait vibrer le siècle.

On a soulevé le cercueil pour le placer sur le corbillard. Cela avait été une belle cérémonie. Un homme à l'écart a crié *Brava Callas* et a lancé des applaudissements repris par la foule. J'ai commencé à suturer le cartilage thyroïdien avec un fil de nylon numéro 3. J'avais beau savoir qu'elle n'était pas morte, je ne pouvais pas m'empêcher d'avoir envie de pleurer…

Quand j'ai eu fini de recoudre, Maria Callas était devenu·e M. Callas, baryton.

De l'avis de toutes celles qui étaient présentes, ce fut une opération rapide et bien menée. Le cliché post-opératoire était, en effet, très joli.

Place Alma-Marceau, à 17 h 30, le corbillard noir qui débouchait de l'avenue Marceau pour emprunter l'avenue de New York en direction du crématorium du Père-Lachaise a croisé un camion de fleuriste vert pâle qui venait de livrer des fleurs au 36 avenue

Georges Mandel et se dirigeait à vive allure vers le numéro 12 de l'avenue Montaigne, presque en face du théâtre des Champs-Élysées, où Marlene Dietrich nous attendait dans son appartement qu'elle avait mis à notre disposition.

Vers 18 h 15, un croque-mort remettait à Yakinthi « Jackie » Callas une urne qui ne contenait pas les restes de sa sœur, Maria Callas, qui avait cessé d'exister et dont je surveillais les constantes.

Cette urne était le motif central de l'intrigue assez embrouillée que nous avions conçue pour occuper la galerie le temps des suites post-opératoires. L'épisode du vol des cendres inexistantes, disparues puis retrouvées, s'enchevêtra avec des histoires d'héritage suffisamment emberlificotées, je n'ose pas dire byzantines, pour embrumer *sister*, *mother* et *il marito* qui ne lâchaient pas l'affaire. Nous les laissâmes occuper l'avant-scène et se voler les uns les autres des biens qui, pour la plupart, n'existaient pas. La Fondation Maria Callas créée sous la houlette de Vasso, toujours parfaite, permit de faire écran à une autre holding, elle-même un trompe-l'œil dissimulant un montage financier dont je vous épargne les détails. Il nous suffit de savoir que je suis à présent l'unique propriétaire du 36 avenue Georges Mandel – je dois vous avouer que je fus assez satisfaite que la plupart des meubles disparaissent, emportés par les héritiers naïfs autant qu'avides. Dieu sait que j'ai aimé Maria, mais nous n'avons jamais eu les mêmes goûts en matière de décoration d'intérieur.

Tout cela prit un certain temps durant lequel M. et moi nous reposâmes. Un reste de prudence m'empêche de vous dire où nous avons séjourné. Nous savions, depuis le temps d'Onassis, faire surgir des îles là où nous nous trouvions.

Au bout d'un an et demi, j'ai compris qu'il était temps d'achever ce qui avait été commencé. Vasso a repris une dernière fois du service pour proclamer à la face du monde que Maria désirait depuis toujours que ses restes fassent un grand plongeon tout au fond de la mer Égée, ce que *sister*, *mother* et le gouvernement grec, un peu dépassés, admirent placidement. Si je me suis toujours méfiée de Pier Paolo, j'adorais Federico et je lui serai toujours reconnaissante d'avoir pris le relais pour organiser la cérémonie pendant que j'étudiais fébrilement l'état de l'art chirurgical. Je parle de Fellini. De quel autre Federico voulez-vous que je parle ? Il est mort ? Vraiment ? Je ne savais pas.

Le 3 juin 1979, un bateau de guerre de la marine nationale grecque rempli à ras bord de ministres, de marins grecs en uniforme blanc, de femmes aux larges seins et de nains tenant en laisse des caniches, de *sister* toujours dévouée, de sopranos trop maquillées et de quelques joueurs de bouzouki qui avaient trouvé à s'employer croisa au large de l'Attique la silhouette blanche du *Christina* dont la salle d'opération avait été mise à notre disposition par Christina, la fille d'Onassis, qui avait toujours eu Maria à la bonne, contrairement à ce qu'on lit partout. Ce genre d'intervention était déjà bien rodée grâce aux travaux de mon confrère russe, Kalbernz. Victor Konstantinovitch Kalbernz, dont nous avions choisi le protocole pour son efficacité, et peut-être aussi, je dois l'admettre, parce qu'il travaillait à partir de tiges en polyéthylène, le polyéthylène dont sont faits les produits Tupperware que Maria avait tant aimés quand elle essayait encore d'être une femme. Au moment où un coup de vent a renvoyé ce qui n'était pas les cendres de Maria Callas dans les yeux des pleureuses, massées sur le pont du bateau grec, M. Callas portait un peu plus de plastique dans son corps.

À l'opéra c'est la voix qui construit le corps : si vous avez la voix d'une jeune fille vous serez une jeune fille quand bien même vous auriez cent ans et le corps d'un centaure. Ce fut, je crois, l'erreur de Maria de ne pas le comprendre, de croire qu'il lui fallait constamment adapter son corps aux rôles. La voix de baryton aurait suffi à faire de M. Callas l'homme qu'ille voulait être. Mais M. avait en commun avec Maria de toujours vouloir en faire trop. Et moi, comme toujours, j'ai fait ce qu'il voulait, ce qu'elle voulait.

La phalloplastie s'est bien passée.

En fin de compte, je ne sais pas si c'est le plastique que je lui avais implanté ou la voix que je lui avais construite qui ont fait de Callas un homme. J'aurais aimé pouvoir le vérifier. Mais je n'en ai pas eu l'occasion.

L'écureuil de Sirmione

Le *Christina* a fait escale à Skorpios où M. pourrait passer sa convalescence. Nous voulions également réfléchir à ce que nous dirions à Homèros, que ses études brillantes ne retiendraient pas éternellement de l'autre côté de l'océan Atlantique. Je lui avais expliqué par téléphone que sa mère n'était pas morte et que je lui livrerais plus tard, quand nous nous verrions, l'enchaînement de raisons et d'effets qui avait conduit à une situation qu'il découvrirait bien assez tôt. Il avait vu dans ma réticence le signe que je désapprouvais ce que nous ne lui révélions pas. Il avait raison. Mes mains de chirurgienne m'avaient brisé le cœur. J'avais aimé deviner dans les gestes de Maria et dans sa voix la promesse de M. qui luttait maladroitement pour se montrer. Mais maintenant qu'il était là et que je le regardais marcher vers la mer sur le petit chemin de Skorpios, je ne voyais plus que l'ombre de Maria, sans sépulture, qui sautillait à côté de lui. Certains rôles à l'opéra et dans les oratorios peuvent être indifféremment chantés par une femme, une alto, ou par un homme, un contre-ténor – ce sont les mêmes notes et c'est une question de goût, de texture, d'épaisseur, de corps plus ou moins présent à la voix, d'impression. M. était bien plus heureux que Maria. Maria me manquait terriblement. Des préjugés ? Oui… j'avais aussi des préjugés, je veux bien l'admettre. Ou quelque chose comme un chagrin d'amour, M. m'ayant enlevé Maria. Et moi, pauvre imbécile, j'avais précipité les choses pour la rendre heureuse sans penser que je la perdrais. Tout le monde, cependant, semblait satisfait. Bruna qui taillait sa barbe avec enthousiasme. Les caniches qui, contre toute attente, ne voyaient pas la différence. Même Phyllis, en dépit des sermons indignés de son pasteur, était persuadée que la main de Dieu avait guidé la mienne et adorait la voix de M. quand il chantait le gospel dans les profondeurs de ses graves. À Skorpios, chaque jour, j'allais par un sentier rejoindre un rocher placé en vigie sur la mer. Je m'installais sur la pierre, moelleuse à force d'être chauffée par le soleil. Je regardais la mer silencieusement.

Finalement, Christina Onassis m'a proposé de l'accompagner à Paris. Je suis montée dans le jet privé en expliquant que je devais régler des affaires. J'enlèverais les derniers pansements à mon retour.

Personne à vrai dire ne m'a demandé d'explication et personne ne m'a vraiment retenue. Ma mélancolie gâchait ce qui commençait à ressembler à une fête.

Christina, qui avait passé son enfance à pleurnicher dans la surprise-party générale que son père avait organisée de 1945 à sa mort, n'aimait pas non plus les réjouissances collectives, et c'est sans doute ce qui nous a rapprochées. Ou bien son cas était si grave, son âme tellement et irrémédiablement brisée, que la conviction que je ne pourrais, en aucun cas, la sauver m'a soulagée et apporté un agréable sentiment de repos. La suite a prouvé que j'avais fait un bon diagnostic.

Pendant un an, j'ai fait valser au numéro 36 de l'avenue Georges Mandel une ronde ininterrompue de figures dont le point commun était qu'elles ressemblaient à Maria Callas, ou ne lui ressemblaient pas, ou étaient son contraire, ou n'avaient rien à voir avec elle sauf à mes yeux inquiets – j'ai adoré Jessye Norman, poursuivi Cecilia Bartoli, si jeune encore, dans les couloirs du conservatoire Sainte-Cécile de Rome, et elle a fini par passer quelques mois au 36. Puis j'ai parcouru Madrid à la suite d'un joueur de guitare qui voulait abandonner le flamenco, tâté à tout hasard du footballeur, pris des cours de bouzouki, milité avec Melina Mercouri dont j'aimais et la voix et les idées politiques, fait le voyage jusqu'en Californie pour y suivre les cours de Michel Foucault, qui m'aurait peut-être expliqué ce que je traversais, comme femme et comme médecin, s'il n'avait pas été en train de commencer à mourir d'une autre maladie, à Paris, où je suis revenue. J'y ai pris la tension de Barbara, une chanteuse française, dans une loge ouverte aux quatre vents, vu depuis le 16e arrondissement transformé en camp retranché l'avènement d'un président de la République dont on disait, en France, qu'il changerait la vie, avant de me retrouver, je ne sais plus trop comment, dans les bras de Maria Casarès vieillissante qui interprétait alors le roi Lear et ressemblait à une version défraîchie et presque masculine de Maria Callas, je n'en sortais pas. Autant revenir et faire bonne figure. Avant de partir j'ai fait poser sur la façade du 36 la plaque que vous avez sans doute vue en entrant : elle dit que Maria Callas est décédée en ce lieu et rien n'est plus vrai, hélas. Il aurait été, je suppose, inopportun d'écrire que Maria Callas avait vécu en cet endroit puisque les derniers temps avant l'opération elle m'expliquait ne plus pouvoir vivre tant que M. ne serait pas né. Je me dis parfois que j'aurais dû saisir l'occasion pour écrire mon nom sur la plaque, proclamer à la face du monde qu'ici Maria Callas était morte en compagnie de son amie Sophia, fidèle jusqu'à la fin, c'est le moins qu'on puisse dire. Mais je ne concevais pas alors qu'on m'enterrerait si vite et maintenant c'est trop tard. Peut-être, un jour, quelqu'un d'autre fera-t-il une nouvelle plaque.

Comme Christina n'était pas en état de m'accompagner, j'ai pris le train jusqu'à Brindisi. Quand le ferry est arrivé à Patras, mon cœur avait pris patience. Mais j'hésitais encore à revenir et j'ai voulu revoir l'île de mes ancêtres. Un voilier débordant de touristes en mal d'aventures à bas prix m'a débarquée sur l'île de Céphalonie, dont les odeurs m'ont transportée à Brooklyn en 1928, quand ma mère chantait une chanson du coin, à propos de la lune à laquelle on ne peut pas trouver un seul défaut (Δεν το μπορείς του φεγγαριού να βρεις ένα ψεγάδι), en la mélangeant aux paroles de *Casta Diva*, quand Norma parle à la lune de son beau visage sans nuage et sans voile, *a noi volgi il bel sembiante, / senza nube e senza vele.* Et parce que la voix rouge-noire de ma mère était venue à moi avant celle de Maria, dans mon berceau, sur un trottoir de Brooklyn glissant de pluie et d'asphalte, quand les Callas n'avaient pas encore emménagé en dessous de chez nous, mon cœur, a tort ou à raison, s'est senti réparé. Je suis arrivée à Skorpios avant l'heure de la chaleur. J'étais prête à retrouver M., ou plutôt à le rencontrer.

Il n'y avait plus personne. Pendant que je m'éloignais pour apprendre à me rapprocher, M. avait pris un autre chemin, je ne saurais vous dire lequel. Je n'ai pas eu de nouvelles. Ou plutôt les seuls qui m'ont donné des nouvelles ne connaissaient pas M. et pensaient que Maria était morte.

Je suis revenue à Paris, avenue Georges Mandel. Un temps, je suis restée stupéfaite. Je ne sortais plus, sauf le dimanche pour aller au 7 de la rue Bizet voir un pope balancer de l'encens et psalmodier d'une voix sévère des paroles qui parlaient d'un autre monde. Les autres jours j'écoutais les disques de Maria. Un jour Bruna est revenue et je n'ai pas posé de questions, comprenant qu'elle n'y répondrait pas. Homèros, depuis longtemps, ne décrochait plus son téléphone ou avait changé d'adresse. Ensuite, pendant une assez longue période, je l'ai cherchée sans pourtant sortir de chez elle qui était à présent chez moi. Je regardais la télévision. Il y avait ce baryton espagnol à qui l'on avait dit qu'il était peut-être ténor et qui commençait à avoir du succès, et je me disais que c'était peut-être M. qui, par l'effet d'un autre bistouri que le mien, avait légèrement changé son apparence. Parce que je ne pouvais concevoir qu'il se soit éloigné de moi dans l'espace, je suivais l'actualité des concours de chant à Paris et en France, pistais les barytons inconnus à la peau mate – on peut tout changer mais pas la texture d'une peau. Si j'avais osé, je serais allée les renifler. Puis je me suis dit que je me trompais sur toute la ligne, que M. ne pouvait avoir fait tout ce chemin pour continuer sur la même voie. J'ai cherché ailleurs, dans tout ce qui me semblait vraiment différent, chez les punks qui hurlaient, puis chez ceux qui s'habillaient aves des paillettes et chantaient sur un rythme binaire, je suis allée, armée de lunettes noires, dans des souterrains berlinois où l'on fabriquait de la musique avec de la technique électrique. J'ai cherché, hors de toute musique, dans les bars où l'on s'habillait de cuir et dans ceux où l'on jouait au billard. J'ai écouté des radios qui parlaient des droits de ce que l'on commençait à appeler les minorités et, parce qu'avec M. je n'étais sûre de rien, j'ai aussi écouté les voix qui se lamentaient sur la fin de l'ordre moral et la décadence de notre société. Un temps j'ai appelé les monastères et les prisons pour hommes, et me suis déguisée pour faire un séjour chez les moines du mont Athos – je n'avais pas, moi, besoin d'un bistouri pour ressembler à un homme. J'ai fini par cet étrange voyage du Caire à Damas où dans chaque appel à la prière il me semblait reconnaître l'âpreté de la voix que j'avais perdue.

Sur le chemin du retour je me suis arrêtée à Sirmione. J'avais toujours gardé la clef. *Il marito* et ses héritiers n'avaient pas changé la serrure de la maison, vide la plupart du temps. J'ai dormi dans la chambre où Maria Callas et moi avions fait l'amour dans l'excitation de devoir nous cacher si quelqu'un arrivait. Par l'escalier qui partait de la terrasse, je suis montée jusqu'au petit bureau qui surplombait la baie parce qu'il me donnait l'illusion de me trouver au poste de timonerie – j'ai saisi mon gouvernail imaginaire, et commencé à manœuvrer, de là-haut, la maison tout entière. Pirate de Maria, j'ai traversé le lac de Garde jusqu'à la mer qui l'avait réchauffée, j'ai passé Gibraltar pour revenir à Brooklyn, jeter l'ancre devant l'appartement des Callas d'où elle serait sortie, m'aurait dit viens on joue ou bien on remonte la Cinquième Avenue en parade et dans mon rêve Julie Andrews, Marlene Dietrich et Medea toutes venues à Manhattan nous acclamaient en agitant de petites partitions en forme de drapeaux – il y avait même Madame Callas mère, enfin calme, réconciliée, et Maria riait, riait…

Puis, le matin, je suis allée dans le parc. Un écureuil est passé. Je n'ai pas réussi à le prendre en photo. Pour la première fois, depuis que j'avais cru voir le corps transparent de Maria Callas suivre M. qui marchait vers la mer, sur le chemin de Skorpios, je me suis sentie à peu près bien.

Je suis retournée à Paris. Un médecin trouve toujours à s'employer, avait dit mon père. J'ai travaillé. J'ai lu les livres sur Maria et ai constaté que j'avais disparu du souvenir de sa vie. Parfois je retournais à Sirmione et je regardais l'écureuil. C'était toujours le même.

Peu à peu j'ai compris ce qui avait pu se passer. M. a eu peur. Que je sois comme les autres. Prête à tout pour la retrouver. Prête même à le détruire, lui que je l'avais aidée à construire.

Pire, j'aurais pu voir comme un gâchis ce que Maria Callas avait mis tant d'années à réussir et qu'elle devait même considérer comme son plus grand succès : la naissance, ou plutôt la libération, l'apparition de M. qui était baryton mais ne chantait pas, dont le corps ne touchait personne sauf parfois quelques hommes, dont les muscles ne servaient à rien sauf à bander, dont la bouche ne s'ouvrait que s'il le désirait et jamais par l'effet d'un contrat. M. pouvait être n'importe qui et tout le monde, mais surtout pas quelqu'un. Et moi, comme tout le monde, qu'aurais-je fait si je l'avais retrouvé·e ?

Je ne crois pas que l'on puisse totalement changer. Je crois que M., aussi différent qu'il ait voulu être de Maria, avait gardé quelques traits de son caractère, en particulier cette tendance à se faire aider pour mener à bien ses projets – ne protestez pas, les divas sont comme ça, et l'habitude d'être assistée ne se perd pas si facilement.

Si, comme je le pense, il a tout fait pour effacer les traces de mon passage dans sa vie, je ne doute pas qu'il ait fait appel à quelqu'un d'autre.

Tu as bien travaillé. Je ne suis plus nulle part. Ne proteste pas, j'ai compris. Tu es devenu chauve mais tu n'as pas perdu ton regard. Ne t'inquiète pas. Il est trop tard. Je ne veux plus rien, sauf peut-être, une dernière fois, si c'est possible ? Est-ce que tu veux bien ? Me conduire jusqu'à elle ? Jusqu'à lui ? Aujourd'hui ? Dans ta main, ce sont ? Des billets d'avion ? Non, je ne veux pas savoir où nous allons. J'aime les secrets parce que tu es né d'un secret. Partons. Tu as tout prévu, c'est bien. Tu as toujours été un garçon intelligent. Est-ce que je peux ? Si ça ne te dérange pas ?

Tu lui ressembles tellement. Juste un baiser. Près des lèvres. C'est bien. Je suis vieille, mais maintenant c'est égal.

Je suis contente de t'avoir retrouvé, Homèros, fils de Callas.

Remerciements

Merci à Jean Cléder, sans qui ce livre n'existerait pas, à Aude Chevrillon et Alice Peuvot, qui l'ont généreusement aimé et accueilli, à Joël Richard avec lequel, il y a bien longtemps, j'ai commencé à inventer Maria, à tous les chanteurs et toutes les chanteuses lyriques qui ont partagé avec moi un peu de leur art, à la voix, au beau chant, à ceux et celles qui le font vivre.

Table des matières

Pour limiter l'empreinte environnementale de leurs livres,
Les Pérégrines font le choix de papiers issus de forêts gérées durablement et de sources contrôlées.
Imprimé en France par CPI en janvier 2022 sur du papier Lac 2000 pour l'intérieur et Rives tradition blanc naturel pour la couverture.

IMPRIM'VERT®

Dépôt légal : mars 2022
N° d'impression : 2062847
ISBN : 979-10-252-0551-8